Kansas City

*Para María y Álex, que marcharon
a descubrir América*

Editorial Bambú
es un sello de Editorial Casals, SA

© 2016, Fernando Lalana, por el texto
© 2016, Editorial Casals, SA, por esta edición
Casp, 79 – 08013 Barcelona
Tel.: 902 107 007
editorialbambu.com
bambulector.com

Ilustración de la cubierta: Berto Martínez
Diseño de la colección: Estudi Miquel Puig

Primera edición: febrero de 2016
ISBN: 978-84-8343-407-9
Depósito legal: B-669-2016
Printed in Spain
Impreso en Anzos, SL
Fuenlabrada (Madrid)

LAS AVENTURAS DE
GEORGE MACALLAN

KANSAS
CITY

FERNANDO
LALANA

bam bú

EDITORIAL

Como los hombres y las mujeres nos acostumbramos enseguida a lo bueno, una de las condiciones de la felicidad es que ha de resultar breve. Si la dicha se prolonga en el tiempo, pronto dejaremos de concederle la importancia que merece, llegando incluso a pensar, erróneamente, que la existencia es básicamente bienestar y no desgracia; disfrute y no pesadumbre; y dejaremos de apreciarla en lo que vale.

George Macallan nunca tuvo tiempo de acostumbrarse a la felicidad, de modo que había disfrutado intensamente de los cortos periodos amables que la vida le había proporcionado. Asociaba cada uno de esos periodos a una mujer: Elisabeth Forner, Kate Warne, Norma Talisker y, finalmente, Alicia Camarasa.

Podía recordar otros momentos de esplendor, pero Macallan estaba seguro de que en el instante previo a su muerte, cuando toda su vida pasase apresuradamente ante sus ojos, serían esos cuatro rostros de mujer los que se dibujarían nítidamente en su recuerdo. Serían ellas, y solo ellas, las que lo acompañarían en su último parpadeo.

UNO: CHICAGO

—¡Ahora, Macallan! ¡Vamos, deprisa!

George Macallan, que por un instante se había refugiado en los rostros de las cuatro mujeres de su vida, pareció despertar con aquel grito destemplado. Cada vez se encontraba con más frecuencia pensando en su propia muerte. Eso no podía ser bueno.

Escupió al suelo y se puso en pie.

El aire olía intensamente a pólvora y eso le recordó sus días como soldado. El sonido del mundo regresó de golpe: los relinchos de los caballos, los gritos de terror de las mujeres, los gritos de dolor de los hombres. Los estampidos de los disparos.

Los cinco carromatos habían formado un círculo en torno al cual cabalgaban sobre sus caballos appaloosa, como demonios de piel cobriza, una docena de indios sioux con el rostro y el cuerpo decorados para la guerra. Vivos colores de muerte. Varios de ellos disponían de rifles de repetición Winchester y el resto se servían de sus habituales arcos y flechas.

Los pieles rojas aullaban como poseídos, de un modo capaz de poner la piel de gallina a casi cualquier hombre blanco y a todas las mujeres del mundo, incluidas las de su propia raza.

Macallan trató de recordar cuándo había oído aquellos aullidos de combate por primera vez, pero no lo consiguió. El mundo había girado demasiado desde entonces. Casi toda una vida.

Subió al pescante de uno de los carros y disparó sobre los atacantes su precioso revólver Starr, negro pavonado, hasta vaciar el cargador. No se inmutó cuando varias flechas indias pasaron rozándole o silbaron sobre su cabeza; y apenas torció el gesto y apretó los dientes cuando una bala de rifle lo hirió en el hombro derecho y su camisa comenzó a empaparse del rojo de la sangre. Peor suerte tuvo uno de sus compañeros de asedio, alcanzado en el pecho por una flecha india y que cayó aparatosamente a sus pies, entre los desgarrados lamentos de su esposa embarazada.

La muerte del colono permitió a Macallan cambiar su revólver ya descargado por el Colt 45 del recién caído, cuyas seis balas disparó con la técnica del «abanicado», esto es, llevando hacia atrás repetidamente el martillo del arma con la palma de la mano libre. Lo hizo a una velocidad endiablada, que causó admiración.

Al terminar, entre azuladas nubes de humo de pólvora que le hicieron toser, pudo ver que la mitad de los indios habían caído de sus monturas, algunos efectuando espectaculares volteretas, y yacían sobre el suelo arenoso.

El resto de los sioux optaron por huir.

Fue entonces cuando el grupo de Macallan, compuesto por cinco hombres, cuatro mujeres y tres niños, se abrazaron unos a otros en torno al pistolero, entre gritos de júbilo y alabanzas al todopoderoso, componiendo sobre una de las carretas un épico cuadro que habría servido perfectamente de modelo para la portada de alguna de las novelas de Zane Grey, de no ser porque en esos momentos Zane Grey aún vestía pantalón corto y faltaba un cuarto de siglo para que publicase sus primeros libros sobre el *far-west*.

Y en ese momento, apareció la banda.

COHETES, BARRAS Y ESTRELLAS

Sus veinticuatro componentes iban vestidos de azul y dorado, con altos gorros rematados por una pluma de guardarropía y, ante el entusiasmo del respetable, atacaron –y derrotaron– la popularísima marcha *Barras y estrellas*. Como atraídos por la música cuales niños de Hamelín, los indios huidos regresaron; los indios caídos se levantaron; entró de nuevo en escena la diligencia, los bandoleros, los Rangers de Texas, el Séptimo de Michigan y los defensores de El Álamo, con Daniel Boone a la cabeza.

Cuando todos ellos se hubieron distribuido adecuadamente, la banda enlazó con habilidad las últimas notas de *Barras y estrellas* con las primeras del himno nacional. Como un solo hombre, los dos mil espectadores se pusieron en pie e, imitando el gesto de los artistas, se llevaron la mano derecha al pecho. Quienes los conocían desgranaron además, a voz en cuello, los versos que hablan de la bandera que sigue ondeando en su mástil tras toda una noche de bombas y cohetes, hasta alumbrar el amanecer en la tierra de los hombres libres.

Con el final del himno, los aplausos atronaron durante diez minutos el interior de la gigantesca carpa donde acababa de representarse el espectáculo *Los horizontes de una nación*.

Luego, todos se fueron a sus casas, satisfechos.

Casi todos.

PINKERTON

En su propio carromato habilitado como vivienda y camerino, George Macallan se despojó de la camisa manchada de sangre de bote y la arrojó al tonel que acabaría en la lavandería del circo.

Se miró al espejo. La luz era escasa y tuvo que entornar los ojos para enfocar la imagen.

–¿Y tú quién demonios eres? –le preguntó al rostro del espejo, un tipo ya bien entrado en la madurez, con algo más que las sienes plateadas y en el que no se resignaba a reconocerse.

–¿Y quién diablos quiere saberlo? –inquirió, a su vez, el hombre reflejado, con la voz y la tez ajadas por los años.

Macallan se encogió de hombros ante sí mismo. Se sonrió.

A continuación, se limpió los restos de pintura roja que le resbalaban desde el hombro hasta el codo y, finalmente, buscó en el perchero otra camisa limpia y planchada, de color azul claro, idéntica a la utilizada en la función y que la empresa del circo le proporcionaba por lotes de media docena.

Justo cuando acababa de abrocharse el último botón descubrió a su derecha, recortándose sobre el umbral, una figura que le resultó remotamente familiar. Se trataba de un hombre ya mayor, no muy alto pero sí fornido, vestido con anodina elegancia y que lo miraba desde la puerta del carromato con un amago de sonrisa en los labios.

Macallan frunció el ceño, mientras se esforzaba por encontrar en su memoria un nombre asociado a aquel rostro.

Tras una incómoda pausa, de pronto cayó en la cuenta. Como en un juego de imágenes móviles, redujo la larga y poblada barba del sujeto, le añadió un bigote que ahora no usaba, le quitó treinta kilos de peso y veinte años de edad, lo vistió con traje gris y chaleco de rayas, le colocó sobre la cabeza un sombrero hongo.

Y entonces, lo vio claro.

—No puedo creerlo —susurró—. ¡Allan Pinkerton!

Pinkerton rio sonoramente. Macallan se levantó y miró al recién llegado todavía con un punto de incredulidad entre las cejas. Los dos hombres se estrecharon la mano y, tras unos segundos de indecisión, se fundieron en un breve abrazo.

—Soy yo quien no puede creer que hayas caído tan bajo, Mac —afirmó Pinkerton, antes aún de haber completado el saludo—. ¿Qué te ha pasado? Uno de los tipos más listos que he conocido en mi vida, malgastando su existencia y su puntería en un deplorable espectáculo de feria.

—Será deplorable, pero tenemos mucho éxito, que lo sepa. Allá donde vamos, colgamos el cartel de «no hay localidades».

—Eso no lo dudo. La gente siempre desea lo que nunca tendrá. A los del oeste les fascina el estilo de vida de las ciudades del este; a los del este, les asombra la epopeya de los colonos del far-west. Y a todos les encanta codearse con sus héroes, aunque sean de cartón piedra. Pero es indigno que te hagan pasar por un burdo imitador de William Cody. Hiciste por este país cien veces más que el maldito Buffalo Bill. Eres tú y no él quien tendría que protagonizar las novelitas de ese tal Buntline. Pero este es un país de ingratos e ignorantes.

Macallan resopló, simulando azorarse con el halago.

—Sé a qué se refiere, pero le ruego que no me lo recuerde, Pinkerton. Sinceramente, no estoy orgulloso de aquello.

—¡Pues deberías estarlo, diablos! —replicó Pinkerton, con firmeza—. Si La Unión ganó nuestra condenada guerra civil fue en buena medida gracias a ti.

—No diga usted barbaridades, hombre, por Dios, o hará que los muertos en combate se levanten de sus tumbas para exigirle que retire sus palabras.

—¡Si es la pura verdad! A estas alturas, todo el mundo da por sentado que el rumbo de la guerra cambió definitivamente tras la batalla de Gettysburg. Y esa batalla la teníamos más perdida que mi abuela hasta que tú interviniste.

—Sí, claro... Por eso aparezco en todos los libros de historia de América —murmuró un Macallan rebosante de sarcasmo.

–¡Los espías no aparecemos en los libros de historia! Nuestras hazañas son secretas y estamos condenados a pasar desapercibidos. Nuestra gloria, en todo caso, se nos reconoce después de la muerte. Convenciste al general Lee de que era preferible asegurar la ciudad y no perseguir a los hombres de Meade en su huida hacia las colinas de Gettysburg. Gracias a eso, nuestras fuerzas pudieron recomponerse y plantear los siguientes días de batalla desde una posición de ventaja. Ahí estuvo la clave de la victoria. Y fuiste tú quien la hizo posible, Mac. Algún día, dentro de cien o de doscientos años, alguien investigará a fondo lo que allí ocurrió y serás elevado a la categoría de héroe indiscutible.

–Más bien a la de discutido traidor.

–Eso no sería justo en modo alguno.

–¡Claro que sí! Traicioné a los míos.

–¡Porque estabas en el bando equivocado! Cuando ves que tus compañeros son los malos, no puedes seguir prestándoles tu lealtad. A lo único que has de ser fiel siempre es a tus propias convicciones. De no ser por ti y algunos otros sudistas justos, la esclavitud seguiría siendo legal en este país y seríamos la vergüenza del mundo civilizado. Creía que, en su momento, había conseguido meterte esto en la mollera.

Macallan asintió, mientras bajaba la mirada.

–Sí que lo logró, Pinkerton. Por eso acepté ser su... ¿cómo lo llamamos? ¿Doble espía?

–Agente doble.

–Eso es. ¿Y qué ocurrió? Que, al acabar la guerra, era un héroe para nadie. Traidor para el sur y vergonzoso aliado para el norte. Me lo hicieron pagar bien. ¿Sabe que pasé diez años huyendo de mi destino y dos más entre rejas?

Pinkerton alzó las cejas.

–No. No lo sabía. Lo cierto es que cuando Baker me sustituyó al frente del servicio de inteligencia os perdí la pista a todos mis colaboradores. ¿De qué te acusaron?

–De nada. Eso fue lo peor. Ni acusación ni juicio ni sentencia. Solo una condena por tiempo indefinido. Si no sigo todavía en la cárcel fue por una auténtica carambola del destino. ¿Recuerda al coronel Jasper Daniels?

–Lo recuerdo.

–Convertido en gobernador de Nebraska, pensó que podía ayudarle en cierta investigación y me consiguió la libertad. De eso hace ahora casi siete años.

–¿Y desde entonces has trabajado en este circo?

La mirada de Macallan se volvió instantáneamente soñadora.

–No, qué va... Tras resolver el asunto de Daniels decidí quedarme en Elkhorn, donde viví la etapa más plácida y feliz de mi vida. Incluso llegué a engordar casi tanto como usted regentando un hotel propiedad de una de las mujeres más hermosas que he conocido.

–¿Y... qué ocurrió para que hayas vuelto a tu peso habitual?

Macallan se frotó lentamente la cara con ambas manos antes de responder en tono muy bajo.

–Ella murió.

Pinkerton frunció los labios. Tras un silencio embarazoso, volvió a hablar con tono de funeral.

–Lo siento mucho, Mac. Caray, tengo la sensación de que no has tenido demasiada suerte con las mujeres de tu vida.

–O más bien, ellas no tuvieron suerte conmigo.

Ambos sabían de lo que hablaban. Tras Elisabeth Forner, una novia de adolescencia, el primer gran amor de Macallan fue Kate Warne. Kate trabajaba para Pinkerton y, lo quisiera reconocer o no, el amor que sentía por la primera mujer detective de América contribuyó, y no poco, a que Macallan tomase la decisión de convertirse en agente doble, traicionando a la Confederación. Warne y Macallan vivieron un largo noviazgo durante algo más de seis años, pero, a poco de apagarse los ecos de la contienda, ella falleció de una pulmonía, con tan solo treinta y cuatro años de edad.

–¿La dueña de ese hotel también murió de enfermedad? –quiso saber Pinkerton.

Macallan negó con un gesto vago y la mirada perdida. Luego, su voz sonó como si perteneciese a otro.

–Falleció a causa de algo mucho más corriente que una pulmonía. Murió de un disparo.

Sin otra cosa que su atento silencio, Pinkerton invitó a Macallan a continuar con su relato.

–Unos atracadores de poca monta. Ni siquiera figuraban en los pasquines de la oficina del *sheriff*. Asaltaron el hotel en plena noche. No sé qué podían buscar allí. Entraron en nuestra habitación y abrieron fuego. De haber estado en la cama, también yo estaría muerto, pero acababa de levantarme y tenía el revólver al alcance de la mano. Acabé con ellos, pero no pude evitar... que... mataran a Alicia.

Macallan ahogó un sollozo y Pinkerton, una maldición.

–Mis condolencias, Mac. ¿Cuándo ocurrió?

–Hoy se han cumplido dos años, cinco meses y once días.

–Llevas bien la cuenta.

–Al minuto. Porque ni un minuto he dejado de pensar en ella.

Pinkerton frunció el ceño mientras efectuaba un cálculo.

–Dos años y medio, ¿eh? Eso significa... diciembre del ochenta y uno.

–Así es.

–Es decir, no mucho después de que asesinaran al presidente Garfield. Curioso.

Pinkerton se mordisqueó el labio inferior durante un buen puñado de segundos. De repente, cambió el gesto, echó mano a uno de los bolsillos interiores de su gabán y sacó una pequeña botella de cristal, plana, sin etiqueta, llena hasta el gollete de un aguardiente ambarino. La descorchó y se la tendió al pistolero.

Macallan tomó de una mesa contigua dos vasos pequeños, tan sucios como su conciencia, los llenó hasta el borde, le ofreció uno a Pinkerton y alzó el suyo.

–Por las mujeres –propuso Macallan–, que son lo mejor de este mundo.

–Si exceptuamos el buen *whisky* –completó el hombre gordo.

Vaciaron los vasos y Pinkerton los llenó de nuevo. Volvieron a beber, ahora en silencio.

–He oído comentar que su agencia de detectives es una empresa de éxito –dijo Macallan después.

Pinkerton sonrió, sin poder evitarlo, mientras rellenaba los vasos por segunda vez.

–Seguramente, nos va aún mejor de lo que hayas podido oír. El negocio navega viento en popa y estoy abriendo sucursales por buena parte del país. Nuestra fama sigue creciendo.

–Brindo por eso –dijo Macallan, echándose a la boca, una vez más, el contenido del vaso.

Pinkerton repartió entre ambos el resto del *whisky*, mientras desgranaba un largo carraspeo.

–No sé por qué, intuyo que no ha venido solamente para felicitarme por mi actuación –tradujo Macallan, sin esfuerzo–. Vamos, que no ha acudido a presenciar nuestro espectáculo por mera casualidad. ¿Quizá hay algo en especial que quiera decirme?

–¿Ves cómo sigues siendo muy listo? –reconoció Pinkerton.

–Debe de tratarse de algo grave, cuando necesita de tanto *whisky* y tan largos carraspeos para decidirse a hablar.

–Más que grave es importante. Quería proponerte algo y... necesito que me digas que sí.

–En ese caso, no se detenga ahora que ha cogido carrerilla. Siga, hombre, siga.

Pinkerton se mesó las barbas como paso previo.

–Verás... Como te digo, estamos ampliando el negocio con nuevas delegaciones de nuestra agencia de detectives. Cada oficina que abrimos es importante, pero hay algunas por las que siento especial interés. Llevo tiempo buscando al hombre adecuado para dirigir una nueva delegación. Hace tres días cayó en mis manos un folleto de este espectáculo y, al leer tu nombre..., vaya, supe al instante que esa persona a la que buscaba eras tú. No sé cuánto cobras aquí por hacer esta pantomima y disparar con balas de fogueo, pero yo te pagaré el doble por dirigir una de mis sucursales y disparar con balas de verdad. El doble, ¿has oído? Además de... algunos incentivos.

–Se lo agradezco, Allan; pero no me interesa.

–¡El triple! –exclamó el detective de inmediato–. Te pagaré el triple. Sin conocer tu sueldo de antemano.

Macallan se echó a reír.

–¡Vamos, Pinkerton! ¿Me toma por un pardillo? Estoy seguro de que ya conoce perfectamente cuál es mi sueldo. Y ya sabrá, por tanto, que se trata de una verdadera miseria.

Pinkerton gruñó como un jabalí.

–Está bien: lo admito. Por eso te voy a pagar el triple. El triple de una miseria ya no es tanta miseria. Vamos, digo yo.

Macallan volvió a negar con la cabeza.

–No soy un hombre ambicioso, el trabajo en el circo es agradable, se viaja mucho y he descubierto el placer que proporciona ser ovacionado por el público. El sueldo es escaso, sí; pero el alojamiento y la comida no me cuestan ni un dólar.

–Conmigo tampoco te costarán nada –contraatacó Pinkerton–. Podrás vivir de balde en el piso que he comprado para la agencia. Es grande y céntrico. Te encantará. Y además te pagaré una dieta diaria para que no tengas que gastar ni un centavo en comida. Ni en bebida. ¿Aceptas?

Macallan se masajeó el puente de la nariz. Los tres vasos de *whisky* empezaban a hacer su efecto. Sentía que le ardían las orejas y no podía dejar de sonreír.

–¿Puedo pensármelo?

–¡Por supuesto que no! Si no me dices que sí ahora mismo, saldré por esa puerta y no volverás a verme nunca más –amenazó Pinkerton, sin sospechar que eso era exactamente lo que sucedería.

Acto seguido, volvió a rebuscar en los bolsillos interiores del gabán. Aquellos bolsillos parecían capaces de contener cualquier cosa: desde el original de la Constitución americana a las tablas de Moisés. Lo que el detective sacó ahora de uno de ellos fue un conjunto de varias hojas de papel dobladas a lo largo y cosidas entre sí con hilo de bramante.

–He traído el contrato para que lo firmemos. Léelo.

–¿Cómo...? ¿Ha traído ya un contrato?

–Estaba seguro de que lo aceptarías. De todos modos, léelo y, si algo no te gusta, lo cambiaremos sobre la marcha.

Macallan se dejó caer en un taburete con el contrato en las manos. Miró la portadilla, apreciando que estaba escrita con una pulcra caligrafía, pero lo hizo con la vista desenfocada, sin llegar a descifrar realmente el contenido de las palabras. En segundo plano, mucho más nítido que las cláusulas contractuales, se le dibujó ante los ojos el rostro enérgico de Kate Warne.

–No necesito leer su contrato, Allan –dijo de pronto–. Confío en usted.

–¿Eso es un sí?

–Lo es.

–¡Espléndido, Mac! Estaba seguro de que aceptarías. ¡No te arrepentirás!

–Aunque, antes de firmar, me gustaría saber a dónde piensa enviarme.

Allan Pinkerton parpadeó.

–Ah, ¿no te lo he dicho aún?

–No se haga el despistado. Debe de tratarse de un lugar peligroso, cuando ha evitado mencionarlo hasta ahora. ¿O cree que no me he dado cuenta?

—Bah, peligroso... ¿Y qué ciudad de nuestro gran país no es peligrosa en estos tiempos? ¿Acaso crees que aquí, en Chicago, no muere gente todos los días?

—Déjese de rodeos y dígame de una vez dónde quiere abrir su nueva delegación.

—¡Donde está el futuro, naturalmente! Dime: ¿cuál es la ciudad del medio oeste que más ha crecido en los últimos años?

—Pues... no sabría decirle...

—¡Kansas City, naturalmente!

Macallan alzó las cejas y lanzó un improperio.

—Sé que tiene mala fama, lo sé —se adelantó Pinkerton, antes de que Macallan pudiese replicarle—, pero te aseguro que no es para tanto. Acabas de decirme que viviste varios años en Elkhorn, ¿no es así? Nebraska y Missouri son estados limítrofes. No puede haber mucha diferencia.

Macallan ladeó la cabeza.

—Si lo que cuentan de Kansas City es cierto, Elkhorn estaría más cerca de parecerse a París.

—¿A París, Texas?

—A París, Francia.

—¡Venga ya! ¿Cuándo has estado tú en Francia?

—Nunca, pero he leído libros...

—¡Pues yo sí he estado en Kansas City y te aseguro que no es para tanto! Sabes de sobra que la muerte acecha en todas partes: aquí, allí, en Chicago, en París, en Kansas...

—Supongo que sí, pero es una cuestión de probabilidades. En Chicago sales de tu casa y es posible que mueras, pero lo más probable es que regreses con vida. En Kansas

City sales de casa y es posible que vuelvas con vida, pero lo más probable es que mueras. Eso dicen.

–¡Exageraciones! –exclamó Pinkerton, vehemente–. Yo estuve allí toda una semana, hace tres meses, buscando un lugar donde instalar la agencia. ¡Y aquí me tienes! ¡Vivito y coleando!

Macallan miró a Pinkerton de hito en hito. Seguía siendo el mismo escocés listo, embaucador y convincente que había conocido al principio de la guerra. Hojeó el contrato, deslizando el pulgar derecho por el borde de los pliegos.

–De acuerdo, Pinkerton –accedió Macallan, por fin–. Ya le he dicho que acepto su oferta y no voy a echarme atrás. Voy a pedir pluma y tintero para firmar el contrato.

El detective exhibió una amplia sonrisa, al tiempo que alzaba la mano derecha.

–¡No es necesario! ¡Mira!

Se abrió la levita y, echando mano a otro de sus infinitos bolsillos interiores, sacó un objeto cilíndrico y negro, uno de cuyos extremos desenroscó.

–¿Qué es? –preguntó Macallan.

–¡Algo asombroso! ¡Una pluma que no necesita tintero! –exclamó Pinkerton, con el mismo entusiasmo que habría utilizado para tratar de venderle un caballo cojo.

–¿En serio? ¿Y cómo escribe?

–Lleva dentro su propia tinta, en un depósito. Me llegó ayer mismo desde Nueva York. Acaba de patentarla un agente de seguros de allí, un tipo llamado Waterman.

–Pasmoso.

Se sentaron ambos ante una mesa y extendieron sobre ella el contrato.

—Yo firmaré primero, en señal de buena voluntad –dijo Pinkerton, enarbolando su Waterman Ideal Fountain-Pen–. Original y copia.

Rubricó el margen derecho de todas las hojas y estampó su firma completa en la última página de cada ejemplar del contrato. Luego, le pasó la estilográfica a Macallan, que hizo lo propio. Cuando fue a devolvérsela a su dueño, el detective alzó ambas manos.

—Quédatela, George. Yo voy a encargar hoy mismo varias más a la empresa de ese tal Waterman.

Macallan sonrió y enroscó el capuchón, complacido.

—No se la voy a rechazar. Reconozco que me parece un invento soberbio.

—Claro que lo es. Y un buen detective tiene que contar con un objeto de escritura fiable para tomar sus notas, ¿no te parece?

Macallan asintió.

—¿Estaré solo? –preguntó entonces–. En Kansas City, quiero decir.

—Eso, tú verás. En la cláusula séptima de ese contrato que no te has dignado leer, dice que podrás contratar hasta dos ayudantes en función de la carga de trabajo. Tú me los propones y yo te autorizaré. A partir del tercero, la decisión ya será solo mía.

—Me parece bien. Y... ¿puedo elegir ya a uno de esos ayudantes?

Pinkerton alzó hasta lo alto de la frente sus hirsutísimas cejas.

—¿Cómo? ¿Ya has pensado en alguien? ¡Pero si solo llevas tres minutos como delegado!

—Se trata de alguien de aquí, del circo. Puedo llamarlo ahora mismo para que lo conozca y le dé usted su aprobación. Me quedaría mucho más tranquilo.

El detective se rascó la nuca y luego abrió los brazos.

—¡Bien...! No veo por qué no. Adelante, preséntamelo.

Macallan abandonó el carromato con la promesa de regresar al cabo de un par de minutos.

LIBUERQUE

Al verse solo, Pinkerton no pudo evitar poner en marcha sus recursos de detective. Recorrió con la mirada, muy detenidamente, todo el interior del carromato de Macallan. Varias cosas le llamaron la atención pero, en especial, una espectacular silla de montar repujada en plata y cuidadosamente apoyada en un rincón. El orden y la limpieza en el interior de la vivienda móvil no eran muy esmerados, por decirlo de manera caritativa; sin embargo, se veía a las claras que aquella silla de montar recibía todas las atenciones posibles de su dueño. Cuero y metal brillaban como el astro rey.

También le llamó la atención un tríptico con los retratos de tres mujeres ciertamente hermosas. Cuando reconoció entre ellas a Kate Warne, supuso que las otras dos también habrían tenido una historia de amor con Macallan. Intuyó que la situada a la derecha podía ser la dueña del hotel de Elkhorn. Una hermosísima mujer de piel mestiza.

A Pinkerton, por su parte, se le hizo un nudo en la garganta al recordar a Kate. Sabía que difícilmente su agencia volvería a contar con una detective como ella, capaz también de seleccionar con criterio y enseñar el oficio a otras mujeres.

En el mundo de la investigación privada y en el de los servicios de inteligencia, las maneras, artes y artimañas de las mujeres diferían notablemente de las de los hombres dedicados a las mismas actividades. Kate siempre dispuso de un talento natural para sacar el mejor partido a esas habilidades propias de detectives y espías femeninas. Por desgracia, murió pronto. Demasiado pronto incluso para un país donde la vida valía lo que una bala del cuarenta y cinco. De no haber sido así, seguramente su nombre habría aparecido en letras mucho mayores en los libros de historia.

De la niebla de los recuerdos lo sacó el sonido que Macallan produjo al subir de nuevo al carromato.

–Ah, ¿ya estás de vuelta? ¿Cómo es que regresas solo? ¿No has encontrado al tipo que buscabas?

–Claro que lo he encontrado. Lo tiene detrás de usted.

Pinkerton se volvió lentamente y, con gran sorpresa, descubrió tras de sí a un indio vestido de indio, de edad indefinida aunque, sin duda, mucho más joven que Macallan, y que le miraba con expresión neutra.

El detective sintió una notable desazón. Para llegar hasta allí, el indio, a la fuerza, tenía que haber pasado por su lado. Y él no se había percatado de ello. Supuso que los recuerdos de Kate Warne lo habían llevado a abstraerse de la realidad más de lo que pensaba.

–Un... indio –murmuró.

–Solo medio indio –aclaró Macallan–. Medio comanche, para ser exactos. Señor Pinkerton, le presento a mi amigo Libuerque.

El detective avanzó los dos pasos que le separaban del indio y le tendió la mano. Hasta entonces le había parecido un hombre bajo, pero, al erguirse para responder al saludo, descubrió que era mucho más alto de lo que aparentaba.

Libuerque le estrechó la mano con firmeza, pero no abrió la boca ni pretendió sonreír. Pinkerton se acercó después a Macallan.

–¿Estás seguro de que es una buena idea?

–¿A qué se refiere?

–Llevarte a Kansas City a un indio como ayudante. Podría resultar incluso peligroso. Allí son muchos los que siguen pensando que el único indio bueno es el indio muerto.

Macallan sonrió.

–Libuerque solo parece indio cuando viste como un indio. Como ahora, que aún lleva el vestuario del espectáculo. Pero con chaleco y levita puede pasar perfectamente por un hombre blanco de piel tostada por el sol. Y vestido con las ropas que llevan los chinos, parece un oriental. Algo más difícil sería hacerle pasar por negro, pero, con suficiente maquillaje, no lo veo imposible.

Pinkerton tuvo que reconocer que el rostro del comanche era de líneas tan ambiguas, tan carente de rasgos diferenciales que, realmente, parecía el molde del que podía vaciarse la fisonomía de cualquier ser humano. El tipo de rostro que ningún testigo en un juicio es capaz de identificar con completa certeza.

–¿Sabe disparar? –preguntó, volviéndose hacia Macallan.

El antiguo espía sonrió ampliamente.

–Todos los actores de este espectáculo sabemos disparar. Él lo hace bien con ambas manos, tanto con rifle como con revólver. Y con el arco y el cuchillo es mucho mejor que yo, por descontado.

Pinkerton se giró hacia el indio dispuesto a formularle un par de preguntas, pero quedó perplejo al ver vacío el carromato.

–¡Qué demonios...! ¿Dónde se ha metido?

En ese instante, Libuerque se desplazó hacia su derecha y volvió a hacerse visible a los ojos del detective, que dio un respingo.

–¡Por todos los santos! –exclamó Pinkerton–. ¿Cómo ha hecho eso?

–¿El qué? –preguntó Macallan.

–¿Cómo el qué? ¡Había desaparecido! ¡Se había vuelto... invisible! Y de pronto, ahí está otra vez, como salido de la nada. ¿Qué significa esto? ¿Algún tipo de brujería comanche? No me gustan estas cosas, Mac, no me gustan.

Macallan negó con la cabeza.

–Nada de brujería. Simplemente, Libuerque tiene una habilidad natural para el camuflaje. Es capaz de mimetizarse con su entorno con gran eficacia, de modo que, cuando permanece inmóvil, suele pasar desapercibido para el común de la gente.

Pinkerton tragó saliva, sin apartar ni un instante la vista de Libuerque. Quizá temiendo que, si lo hacía, fuera a desaparecer de nuevo ante sus ojos.

–¿En serio? ¡Pero eso es algo asombroso! ¡Una maravillosa cualidad para un espía!

–También para un detective.

–¡Desde luego!

Allan Pinkerton se acercó a Macallan y lo tomó por los hombros.

–Magnífico. No hay mejor jefe que aquel que sabe escoger bien a sus hombres.

–¿Lo dice por mí o por usted?

–¡Lo digo por ambos! Sabía que no me equivocaba contigo y acabas de demostrármelo eligiendo a Linkedin.

–Libuerque.

–¡Como sea! ¿Le has preguntado si quiere acompañarte a Kansas City?

–Lleva año y medio en el espectáculo. Está hasta las narices de que lo maten a tiros en cada función. Dice que le apetece cambiar de aires y actuar alguna vez en el bando de los buenos.

–¡Estupendo!

Entre muestras de alborozo, Pinkerton sacó de sus bolsillos otros dos ejemplares de contrato, hechos un rollo, y alisó el papel contra el canto de la mesa.

–Préstame un momento la pluma Waterman. Vamos a rellenar un contrato para tu amigo. Eso de Libuerque... ¿es nombre o apellido?

–Creo que es... todo –respondió Macallan en su lugar.

–Oh, bien. ¿Y cómo se escribe?

–Nadie lo sabe con certeza. Ni siquiera él mismo. Escríbalo como suena.

–De acuerdo... ¿Sabes firmar, Libuerque?

El comanche se limitó a tomar la estilográfica de manos de Pinkerton y observarla con científico detenimiento, moviéndola lentamente a dos dedos de sus pupilas. Luego, sin haber despegado los labios, llevó la plumilla contra el papel y realizó una complicada rúbrica que, una vez terminada, recordaba con claridad el cuadro *El nacimiento de Venus*, de Botticelli.

—Bien —admitió Pinkerton—. Ahora tienes que firmar en todas las hojas de los dos ejemplares.

Libuerque obedeció, realizando filigranas primorosas, lo que le llevó un tiempo tan largo que Pinkerton calculó que le habría bastado para leer de cabo a rabo *Las aventuras de Tom Sawyer*.

Cuando el indio concluyó, Pinkerton firmó uno de los ejemplares y se lo entregó, mientras se guardaba el otro. Luego, le tendió a Macallan un pequeño estuche.

—Aquí tienes vuestras placas de detective y las llaves del piso de Kansas City. La dirección figura en el llavero.

Macallan lo abrió y tomó en la mano una de las cuatro placas de latón en forma de escudo de armas con las palabras «Pinkerton National Detective Agency». También sopesó el manojo de llaves, unido a un taco circular de madera en el que se representaba el emblema de la agencia: un ojo abierto, con la frase «We never sleep». En la parte posterior, alguien había escrito a lápiz una dirección: el número 221B de Holmes Street.

—Dentro de una semana confío en recibir desde allí un cable tuyo indicándome que la sucursal en Kansas de Detectives Pinkerton está ya operativa. En dos o tres meses os haré una visita para comprobar si todo va bien y echar las primeras cuentas.

—Hablando de cuentas... ¿Qué hay del dinero? —preguntó Macallan.

–¿Dinero?

–Para nuestros sueldos y los gastos que puedan surgir.

–Sí, claro: tenéis una línea de crédito abierta en la oficina más cercana del Trust Bank, en la misma calle Holmes. Mañana mismo les telegrafiaré para darte autorización hasta mil dólares. Si necesitas más, mándanos un cable aquí, a la central de Chicago, a la atención de John Scott. Y ahora, me voy, que me espera la familia para cenar. Suerte.

Los dos hombres se estrecharon las manos. Con el indio Libuerque, Pinkerton se limitó a cruzar una mirada de hielo.

–Hasta pronto –dijo Macallan, sin saber que era la última vez que se verían.

LA GANGRENA

A la salida del gran circo, con el paso algo vacilante a causa del *whisky* ingerido, Allan Pinkerton se dirigió hacia su coche de caballos, tipo berlina, que le esperaba en las inmediaciones del recinto ferial.

Pese a la satisfacción que sentía por haberse hecho con los servicios de Macallan, su instinto le hizo sospechar enseguida que algo iba mal. Lo hizo al comprobar desde lejos la postura del cochero.

Pinkerton ralentizó el paso mientras de nuevo echaba mano al interior del gabán, ahora en busca de su revólver, que llevaba en una cartuchera enganchada al cinturón, casi a su espalda.

El detective era un hombre exquisito a quien le gustaba rodearse de objetos singulares. Del mismo modo que apreciaba un invento como el de la pluma-fuente de Waterman, su arma no podía ser una cualquiera. Desde hacía unos meses utilizaba uno de los Colt modelo 1873 Army, fabricados años atrás específicamente para los hombres del general Custer, con el nombre del mítico 7.º Regimiento de Caballería grabado en la empuñadura. Lo había comprado en una subasta del ejército junto a un documento que garantizaba que había pertenecido al capitán Thomas McDougall, uno de los oficiales abatidos por los indios en la batalla de Little Big Horn. Una auténtica pieza de coleccionista, de cañón corto y, por tanto, muy manejable.

Sin alterar el paso, Pinkerton lo desenfundó, manteniéndolo oculto a la vista.

–¡Ya estoy aquí, Bill! –exclamó, a treinta pasos del carruaje.

El cochero, sumido en la penumbra, alzó la mano para responder al saludo de su jefe, en lugar de despojarse de la chistera, como ambos tenían acordado a modo de contraseña.

Pinkerton no se lo pensó dos veces. De inmediato, enarboló el Colt y disparó sobre el hombre que, con un breve grito, cayó muerto al suelo desde el pescante.

Un instante después, se abrió la puerta de la berlina y un segundo sujeto salió del coche echándose a la cara un fusil de repetición.

El estampido del arma despertó a las palomas de toda la ciudad. Pero Pinkerton se había protegido tras un grueso roble, cuyo tronco recibió los impactos a él destinados. Rápido de mente, Pinkerton supuso que eran tres sus atacantes. Tres fueron los hombres que atacaron a Macallan en Elkhorn y mataron a su mujer. Tres debían de ser también estos. Se desentendió un instante del hombre del rifle y escudriñó los alrededores. Lo vio enseguida, de reojo. Se acercaba por su izquierda, confiado en la distracción que ofrecía su compañero. Pinkerton amartilló el arma, siempre mirando al hombre de soslayo. De repente, se volvió hacia él, se incorporó sujetando el revólver con ambas manos e hizo fuego y diana. El sicario cayó sin un grito. De inmediato, ágil como una mangosta a pesar de su edad y su sobrepeso, Pinkerton aprovechó la fracción de segundo que el hombre del rifle perdió contemplando la muerte de su compañero para asomarse y disparar sobre él. Esta vez falló el tiro. El sicario corrió en su dirección y Pinkerton lo hizo hacia las casas del otro lado de la calle.

Al llegar a la acera tropezó con el bordillo y cayó de bruces. Eso le salvó la vida, pues un nuevo proyectil de Winchester pasó rozándole la espalda.

Al caer al suelo, Pinkerton se mordió la lengua. Gritó de dolor, mientras sentía cómo la boca se le llenaba de sangre; pero eso no le impidió revolverse, apuntar y volver a disparar. En esta ocasión, hizo blanco, dejando tendido en el suelo al tercer hombre, el que más cerca había estado de convertirse en su asesino.

Aquel sujeto, apellidado Rendshow, no llegó a saber que, indirectamente, había conseguido su objetivo.

Aunque recibió atención médica esa misma noche, la terrible herida de la lengua acabó por infectarse. Diez días más tarde, Allan Pinkerton, fundador de la primera agencia de detectives y del primer servicio de inteligencia militar de los Estados Unidos, el escocés que en una ocasión salvó la vida del presidente Lincoln, moría en Chicago, a los sesenta y cinco años de edad, derrotado por la gangrena.

DOS: ELKHORN

En los últimos siete años, los ferrocarriles habían mejorado espectacularmente en los Estados Unidos de América.

Por un lado, se habían abierto innumerables nuevos tramos de vía, por cuenta de compañías privadas, que unieron entre sí docenas de ciudades y estas con el ferrocarril transcontinental. Por otro, las primitivas locomotoras de rodaje American iban siendo sustituidas en cabeza de los trenes de pasajeros por máquinas mayores y más rápidas, de tres ejes acoplados, con ruedas de enorme diámetro y a las que llamaban Pacific.

De uno de esos convoyes de viajeros, descendieron Macallan y Libuerque a las tres y diez en punto de un día plateado, en la estación de Elkhorn, Nebraska.

Mucha gente se fijó en ellos, sobre todo en el primero, al que algunos reconocieron como el gerente del antiguo hotel Bates.

Dos pasos tras aquel tipo alto, maduro y atractivo, caminaba otro hombre, que, según cómo lo mirabas, parecía un indio elegante o un dandi salvaje. Su rasgo más peculiar era su pelo negrísimo y brillante, largo hasta los hombros y esculpido a navaja. También tenía de antracita la mirada, en contraste con el azul claro de los ojos de Macallan.

El antiguo espía y el nuevo detective avanzaron por las calles con paso firme. Macallan respondió con un breve gesto de cortesía a algunas sonrisas femeninas que apenas logró reconocer tras dos años largos de ausencia.

Los dos hombres tenían como primer destino el último destino de todos los habitantes de Elkhorn. El cementerio.

LÁPIDA

Ante la tumba de Alicia Camarasa, cruzado de brazos, las pupilas danzando una y otra vez sobre las letras de su nombre cinceladas en la piedra, Macallan no pudo contener el llanto. Es cierto que apenas alteró el gesto. No gimió. Pero durante un rato larguísimo fue dejando que un reguero de lagrimones gruesos como caramelos le fuesen resbalando por el rostro, hasta acabar en la tierra formando un barro salado en todo igual al que Dios utilizó para modelar a Adán.

Después de un tiempo impreciso, logró serenarse. Vio flores frescas en una tumba cercana, las cogió y las depositó sobre la lápida de la que fue su mujer durante cinco años.

–Cuánto te quise, Alicia. Por Dios, cuánto te quise –susurró, con la voz rota.

Un cuervo graznó un responso desde lo alto de la cruz de forja que remataba la cercana sepultura del teniente Harmond, un oficial muerto en las guerras contra los indios.

Libuerque, a quien los cementerios de los hombres blancos ponían especialmente nervioso, se había quedado fuera del camposanto, practicando el lanzamiento de cuchillo. A intervalos regulares, amputando el silencio, podía oírse el sonido del arma blanca clavándose en la madera de la puerta de entrada.

Había transcurrido media hora cuando Macallan salió por ella, colocándose su sombrero Stetson de color claro. Echó a andar hacia el centro de la ciudad. Libuerque se situó tras él. Inesperadamente, habló.

–¿De veras los hombres blancos pensáis que los muertos se levantarán un día de sus tumbas?

Su voz cuadraba con su rostro. Ni aguda ni grave, sin estridencias, sin aristas, sin acento alguno.

Macallan esbozó una sonrisa.

–Creo que es eso lo que dice la Biblia, en efecto: el día del fin del mundo resucitarán los muertos y habrá un gran juicio en el que cada cual deberá responder de sus propias fechorías.

–¿Y para qué van a resucitar los muertos si se acaba el mundo? ¿Dónde vivirán?

–Dicen que, entonces, los hombres habitarán el Paraíso. Y ya no padecerán necesidades.

Libuerque miró a lo lejos.

–Mi pueblo ya vivía en el paraíso y no padecía ninguna necesidad. Las grandes llanuras eran el paraíso hasta que llegaron los hombres blancos, los soldados azules y el caballo de hierro.

Macallan suspiró.

–Ya. Supongo que nosotros fuimos vuestro Apocalipsis.

–No sé qué es eso; pero si es algo malo, estoy de acuerdo.

ROSS SALOON

De allí, tomaron camino hacia la casa de los Gregson, para lo que tuvieron que enfilar Main Street.

Pero ocurrió que, cuando caminaban a la altura del Ross Saloon, los envolvió una alegre música de piano y el eco de unas voces femeninas entonando una canción de letra más bien tonta y pretendidamente picante.

Macallan se detuvo en mitad de la calle, la única de toda la ciudad pavimentada con adoquines. Su sombra, alargada, se proyectaba sobre el suelo señalando directamente hacia la puerta del local.

Aunque no creía en el destino, esta vez pensó que le enviaba una señal. O a lo mejor solo era que tenía sed.

Cuando Macallan entró en el Ross haciendo oscilar los batientes de la puerta, cayeron sobre él dieciséis miradas, la mayoría indiferentes. Solo dos de los clientes lo reconocieron, más que por el rostro, cuyo contorno se hallaba difuminado por una barba de cuatro días, por su revólver Starr modelo 1858, que había sustituido cinco años atrás a su viejo y querido Smith & Wesson modelo Russian.

Libuerque también entró en el local, aunque permaneció al fondo. Pero, en su caso, nadie se apercibió de ello.

Durante el tiempo que convivió con Alicia Camarasa, Macallan apenas había pisado el Ross ni ningún otro *saloon* de la ciudad. Sin embargo, el barman, como cualquier barman que se precie de serlo, demostró tener muy buena memoria.

–¡Señor Macallan! Cuánto tiempo sin verle.

–Desde la última vez, si no me engaño, Curtis.

–Ha adelgazado usted mucho en estos años, si me permite decirlo.

–Cierto. La felicidad engorda. La desgracia, en cambio, te deja en los huesos.

–No puedo creer que se sienta desgraciado, señor Macallan.

–Solo mientras estoy sobrio. Por cierto, ¿sigues teniendo buen *whisky* en este antro?

–Si no lo tuviera, tendría que salir huyendo de la ciudad.

Macallan comprobó que no se había pintado el local desde que lo visitó por última vez. Pero el tono de las paredes había variado a causa de la mugre que en ellas iba depositando el humo del tabaco y de las lámparas de aceite.

–¿Te queda algo de aquel *whisky* de Tennessee que tanto me gustaba?

–Por supuesto. Nadie ha vuelto a pedir esa marca desde que usted se fue. Es demasiado caro para esta ciudad de miserables.

Macallan chasqueó la lengua, con disgusto.

–Anda, ponme uno. Y que sea doble.

–Como las balas.

Curtis tomó de un estante alto, a su espalda, una botella cuya forma recordaba a una campana, le quitó el polvo con un par de soplidos y llenó con ella hasta el borde un vasito de culo grueso.

Macallan no se lo echó al coleto de un trago como mandaba la costumbre, sino que paladeó el licor, tras aspirar su aroma lentamente. Le pareció tan bueno como recordaba. Luego, echó un vistazo más detenido sobre el local y sus parroquianos.

Al final de la barra, a su derecha, en el rincón más oscuro y mugriento, seguía habiendo una mesa para jugar al póquer ante la que hoy echaban una partida tres *cowboys*, dos granjeros y un tahúr. Se les distinguía perfectamente por sus indumentarias.

El tahúr, que vestía camisa azul, chaleco verde de rayas y chaqueta negra, acababa de ganar la última mano y sonreía satisfecho, sujetando un cigarro en la comisura de los labios. Tomó un billete de entre las ganancias y lo agitó por encima de su cabeza. De inmediato, una de las tres cantantes del local se le aproximó, solícita. Sin embargo, él la detuvo a medio camino con un gesto y reclamó a otra de las chicas.

A Macallan se le endureció el gesto al comprobar que, pese a los tres kilos de maquillaje, la muchacha que entonces se dirigió hacia el jugador era muy joven, apenas una adolescente. Al llegar junto a él, el hombre le metió el billete en el escote.

–Anda, tráeme un *whisky*, bonita. Y luego, quédate conmigo. Me das suerte –le dijo, al tiempo que le palmeaba el muslo groseramente.

Macallan intentó no prestarle atención. Pero un remoto recuerdo se lo impedía. Aquel tipo le resultaba conocido.

–¿Quién es? –le preguntó a Curtis en voz baja.

–Un baboso –fue la respuesta del barman–. Se llama O'Neill. Es un jugador profesional y se dedica a desplumar a vaqueros incautos. Además, está como una cabra.

Macallan ató cabos en un momento. Siete años atrás, había jugado una partida de póquer contra O'Neill en aquella misma mesa. Ambos fueron de farol y O'Neill acabó perdiendo una pequeña fortuna. Al parecer, no había aprendido la lección.

La jovencísima cantante caminaba en dirección a Macallan. A dos pasos de él, se inclinó sobre la barra y llamó al barman.

–Curtis, ponme un *whisky* de los que toma el señor O'Neill –dijo, sacando del escote el billete, que era de diez dólares.

Macallan se volvió hacia ella.

–¿Cómo te llamas? –le preguntó.

La chica sonrió. Casi todas las mujeres lo hacían cuando miraban a Macallan.

–Lily, señor.

–¿Qué nombre es Lily?

–Se trata de un nombre artístico.

–¡No me digas! –rio Macallan–. Jamás lo habría sospechado. ¿Y el de verdad es...?

–Federica.

–¿En serio?

–Y tan en serio. Por eso me he buscado un nombre artístico.

–Entonces, eres cantante, no camarera.

–Eeeh... bueno, sí.

Macallan sacó del bolsillo un billete de veinte, se acercó a la muchacha y se lo puso en la palma de la mano, cerrándole luego el puño.

–Entonces, cántanos una canción, por favor.

–Lo haría con gusto, señor; pero tengo que ir a acompañar a aquel caballero.

–No veo ningún caballero en este *saloon*. Anda, Lily, cántanos a todos ahora una canción. La que tú prefieras.

La chica miró a Curtis un tanto desconcertada. El camarero afirmó con un gesto casi imperceptible. Ella se encogió de hombros y se dirigió al piano.

Macallan cerró los ojos antes de echarse a la boca el resto del *whisky* que quedaba en su vaso. Cuando los abrió de nuevo, sintió que, en las proximidades, una sombra había cambiado de lugar.

O'Neill se había levantado de la mesa de juego y se había situado a su derecha, a cinco pasos de distancia. Macallan no se volvió hacia él, pero lo miró de reojo, comprobando que adoptaba la actitud del compás, ligeramente abierto de piernas y con los brazos también algo separados del cuerpo. Eso no le gustó nada. Y menos aún, oír su voz.

–Esperaba que no volvieses nunca por aquí, Macallan.

–También yo confiaba en no regresar jamás. Pero la vida da tantas vueltas... De todos modos, estaré poco tiempo en Elkhorn, no te preocupes.

–No me preocupa –replicó el jugador–. Solo necesito que te quedes el tiempo suficiente para acabar contigo.

–¿Y eso por qué?

–¿No sabes por qué? ¿Has perdido la memoria?

Macallan amplió la sonrisa.

–Al contrario, me acuerdo muy bien de ti, O'Neill. De tu bigote ancho y tu chaleco estrecho. Veo que sigues jugando al póquer. Aunque espero que hayas perdido tu mala costumbre de ir de farol. No es buena para la salud.

El tahúr movió los dedos de la mano derecha, como si los estuviese desentumeciendo.

–Lo que no es bueno para la salud es hacer trampas en el juego.

Macallan frunció el ceño sin dejar de sonreír.

–¿Trampas? Eso no lo dirás por mí. ¿Lo dices por mí? ¿Eh, O'Neill? ¿Lo dices por mí?

–Por ti lo digo.

–Entonces, haré como que no te he oído.

O'Neill rio falsamente.

–¡Vaya...! Cobarde, además de tramposo.

Al escuchar esa última frase, todos los presentes supieron que alguien iba a morir irremediablemente en los siguientes minutos. Los parroquianos del Ross se movieron con rapidez y sigilo, buscando protegerse tras los muebles o las columnas. Sin embargo, nadie abandonó el local, pudiendo haberlo hecho. La inminencia de la muerte resulta siempre fascinante. Nadie quería perderse el espectáculo, aun corriendo el riesgo de verse alcanzado por una bala perdida.

Macallan calculaba muy bien en las situaciones de riesgo. Se dio cuenta de inmediato de que estaba en desventaja. Él era zurdo y el tipo del bigote se había situado a su derecha. Aunque lograse desenfundar antes, tendría que efectuar un movimiento muy forzado para disparar sobre su contrincante. Y si se giraba hacia él, igualmente le estaba concediendo ventaja, pues el otro ya estaba preparado y con los pies firmemente asentados en el suelo.

–¿Por qué no te marchas a casa? –le propuso, siempre hablándole de perfil, acodado en la barra–. Aquello pasó hace siete años. Todo el mundo sabe que no hice trampas. Te gané con la peor jugada que he ligado en mi vida. En realidad, te gané sin tener jugada alguna. ¿Qué clase de trampa sería esa?

–Me da igual que hicieras trampas o no. Me trajiste la ruina. Me costó tres años recuperarme. Y voy a matarte por ello.

–Si piensas que porque peino canas se me ha olvidado disparar, estás muy equivocado. Anda, O'Neill, déjame en paz. Vete a casa y muere otro día.

–¡Mírame a los ojos, Macallan!

Pero Macallan siguió mirando al frente, mientras depositaba sobre el mostrador de madera oscurísima el vasito, ya vacío.

–¡Mírame, te digo! –ladró O'Neill–. Te doy cinco segundos o te juro que te dispararé igualmente.

Macallan asintió y se irguió, separándose de la barra. Sin embargo, cuando parecía a punto de responder a la provocación, se giró hacia el lado contrario, dando la espalda a O'Neill.

Era un gesto arriesgado pero tenía algunas ventajas: por un lado, provocar un instante de sorpresa y desconcierto en el adversario. Además, la mitad de los hombres que habitaban las tierras del oeste jamás dispararían a otro por la espalda, en virtud de una ley no escrita que muchos seguían a rajatabla. Claro está que la otra mitad no sentía el menor escrúpulo en quebrantar esa norma.

La segunda ventaja residía en que la pared tras la barra formaba un rincón cubierto de espejos que permitiría a Macallan contemplar con precisión todos los movimientos de su adversario, pese a tenerlo tras de sí.

Mientras giraba la cabeza, buscó ya su reflejo con la vista y la culata del revólver con la mano izquierda. Cuando inició el movimiento de desenfundar, vio en el espejo que el otro le llevaba ventaja. Alzaba el arma hacia él y ya había levantado el percutor de su Colt. Macallan supo que O'Neill dispararía antes que él.

Y así fue.

La muerte gritó con la voz estridente de la pólvora apresada en un cartucho de latón.

Macallan se arrojó a un lado para esquivar el disparo. Y lo consiguió. Aunque, en realidad, lo habría logrado en cualquier caso, porque la bala de O'Neill terminó incrustada en el techo del local.

Un instante antes de que el hombre del chaleco apretase el gatillo, un estilete de hoja larga y fina voló por el aire hasta clavarse en su muslo izquierdo. Cuando disparó, O'Neill lo hizo ya crispado por el dolor, sin posibilidades de dar en el blanco.

Nadie habría sabido decir de dónde salió aquella daga.

Macallan no se molestó en volverse. Tras desenfundar con la zurda y darse impulso, pasó el revólver bajo su brazo derecho y abrió fuego de espaldas a O'Neill, calculando su posición a través del espejo. Con su Starr de doble acción podía disparar sin necesidad de amartillar el arma.

Lo hizo tres veces antes de que O'Neill pudiese siquiera intentarlo por segunda vez.

Cuando su frente golpeó sonoramente la tarima del Saloon Ross, Eugene O'Neill ya estaba muerto.

Macallan, con una rodilla en el suelo, enfundó su arma. Todos habían visto que su contrincante había disparado primero y que, por tanto, él había actuado en defensa propia. La ley del oeste era inapelable.

Tras incorporarse, se volvió hacia Curtis.

–¿Qué te debo del *whisky*?

–Nada, señor Macallan –respondió el barman, con la piel del color de la cera virgen–. La casa invita.

Pese a las palabras del barman, Macallan sacó un billete de cinco y lo depositó sobre la barra.

–En ese caso, hazme un favor: compra con eso unas flores y haz que las coloquen sobre la lápida de ese imbécil durante su funeral.

–Descuide. Así lo haré.

De camino a la salida del local, Macallan se agachó junto al muerto y le arrancó del muslo el estilete. Limpió la sangre de la hoja en el pantalón del fiambre y, al llegar a la puerta, se lo entregó a Libuerque, que acababa de salir de la oscuridad para ponerse a su lado.

–Gracias, amigo –musitó Macallan–. Estaba seguro de que podía contar contigo.

–Naturalmente, jefe. Si te matan, me quedo sin trabajo.

Mientras ambos salían del local, Lily comenzó a cantar su canción, con la voz trémula. Y el pianista seguía tan nervioso que solo acertaba una nota de cada dos.

Y, sin embargo, ambos cosecharon al final una gran ovación.

GREGSON

Macallan y Libuerque se dirigieron, por fin, hacia la casa de Bradley Gregson, director y primer accionista del *Omaha Tribune*, el periódico más vendido de la capital y del condado. Macallan era el segundo accionista, aunque solo poseía un diez por ciento de la sociedad.

Gregson, a sus treinta años, seguía teniendo aspecto de muchacho. Llevaba siete años casado con Dalilah Parker, que había trabajado durante un tiempo como cantante del Ross Saloon, pero que al lado de Gregson se había convertido en una notable periodista y también en una conocida activista por los derechos de la mujer. Ahora vivía su tercer embarazo, ya bastante avanzado.

Los dos hijos del matrimonio jugaban en el jardín de la casa cuando Macallan y Libuerque se detuvieron ante la valla que lo delimitaba. El mayor, que se llamaba Ray, corrió a avisar a su madre mientras el pequeño, Dan, de tan solo tres años, les sonreía sentado en el suelo.

Casi de inmediato, Dalilah apareció bajo el porche de la casa con gesto preocupado; pero apenas reconoció a Macallan, sonrió, fue hacia él y se echó en sus brazos.

Durante mucho tiempo, incluso cuando se casó con su marido, Dalilah estuvo enamorada de Macallan. No se arrepentía de su matrimonio con Bradley, todo lo contrario. Él era un hombre bueno y divertido, que le había cambiado la vida a mejor en todos los aspectos. Eran muy felices. Pero hubo un tiempo, no demasiado lejano, en que George Macallan resultaba irresistible para la mayoría de las mujeres. De hecho, tras un baño y un buen afeitado, aún lo seguía siendo en gran medida.

Dalilah invitó a cenar a los dos hombres y, mientras preparaban la mesa, llegó Bradley. Abrió la puerta y se quedó mirando a Macallan con gesto serio. Luego, ambos se abrazaron.

–Hace apenas tres horas que llegaste a la ciudad y ya has matado a un hombre.

–A un hombre, no. A una rata. Supuse que os vendría bien una noticia para la primera plana del periódico de mañana.

Dalilah frunció el ceño, pero su marido la tranquilizó.

–Al parecer, no tuvo más remedio. Se trataba de O'Neill y, por lo visto, no le había perdonado que lo desplumara en aquella partida de póquer, ¿recuerdas?

–Claro que me acuerdo –respondió ella–. Fue el día en que los tres nos conocimos. Nunca podré olvidarlo.

Tras la cena, mientras Libuerque entretenía a los dos hijos de los Gregson con sus innumerables habilidades, Macallan, Bradley y Dalilah se sentaron en torno a una mesita baja en la que el periodista colocó una cafetera humeante y tres tazas de porcelana francesa.

–¿Qué tal va el negocio? –preguntó Macallan.

–De maravilla –respondió el periodista–. Tenemos contratados a cinco empleados y tres corresponsales en el resto del estado. El *Omaha Tribune* es el diario más vendido en el condado de Douglas. Y resultó un acierto bautizarlo así, porque Omaha está creciendo mucho más rápidamente que Elkhorn desde la conclusión del ferrocarril de costa a costa. No me extrañaría que algún día Omaha engulla a Elkhorn y acaben siendo una sola ciudad.

–¿Vas a quedarte un tiempo por aquí, George? –le preguntó Dalilah, mientras su marido servía el café.

–No, lo siento. Mañana mismo, Libuerque y yo seguiremos camino. Vamos a instalarnos en Kansas City.

Bradley silbó admirativamente.

–Creo que ha crecido mucho en estos años, gracias al dinero que mueve el negocio del ganado. Pero tiene mala fama.

–Voy a ser el nuevo delegado allí de la agencia Pinkerton.

Gregson alzó las cejas.

–¿Los detectives? ¡Vaya...! Eres siempre una caja de sorpresas, George. Espero que te vaya muy bien. Pero tendrás que cuidarte las espaldas. Parece un oficio peligroso en una ciudad peligrosa.

–Para eso me llevo a Libuerque. Podíamos haber ido allí directamente desde Chicago por la nueva línea de ferrocarril a través de San Luis, pero preferí dar un rodeo y acercarme hasta aquí. Y solo por dos razones: visitar la tumba de Alicia y charlar con vosotros.

–Te lo agradecemos, George –dijo ella, tomándole una mano entre las suyas.

–Y en primer lugar, quería pedirte un favor, Dalilah. Hay una chica muy joven trabajando como cantante en el Ross. Demasiado joven. Me gustaría que hicieses algo por ella. Se llama Federica, aunque se hace llamar Lily.

Dalilah Gregson asintió.

–Descuida. Ya estaba en ello. Llegó hace cinco días y no creo que sea muy difícil convencerla para que se instale en el Bates.

Tras la muerte de Alicia Camarasa, Macallan decidió cerrar el hotel Bates, el negocio propiedad de ella que él se encargaba de regentar. El edificio, con una docena de habitaciones, era oficialmente propiedad de la familia Camarasa, pero, mientras no lo reclamasen, Macallan lo tenía en usufructo, que, a su vez, había cedido a Dalilah a fin de que lo utilizase para ayudar a «mujeres con mala suerte», según su propia expresión. Ahora, el hotel Bates era el lugar en el que algunas mujeres, sobre todo chicas muy jóvenes, podían instalarse y vivir sin preocupaciones durante un tiempo, mientras buscaban cómo encauzar de nuevo su vida.

Macallan se volvió hacia Gregson.

–¿Has averiguado algo sobre los asesinos de Alicia?

El periodista negó en silencio, con gesto compungido.

–De haber tenido cualquier información, te la habría hecho llegar. Es algo muy extraño. Nadie parece saber quiénes eran ni de dónde salieron. Si realmente eran atracadores, no dieron ningún otro golpe en Nebraska ni en los estados circundantes. No tengo nada nuevo y te aseguro que he puesto en marcha todos los resortes de que dispone mi periódico. Nuestro periódico, quiero decir. Pero ha sido en vano. Lo siento, George.

–Lo suponía –dijo Macallan, tras haber dado cincuenta y cinco vueltas a su café con la cucharilla sin haberle echado azúcar–. Ahora que voy a ser un detective profesional, quizá cuente con nuevos medios para seguir investigando. Y, en todo caso, hay algo...

Macallan se detuvo, con la taza cerca de los labios.

–¿El qué? –le apremió Dalilah.

–Cuando me vi con Pinkerton, hace diez días, hizo un comentario que no ha dejado de rondarme la cabeza desde entonces. Me preguntó por la fecha en que mataron a Alicia y, a continuación, mencionó algo relacionado con el asesinato del presidente Garfield.

–¿Y qué?

Macallan suspiró.

–No lo sé. Quizá no sea nada. Pero no deja de zumbarme en la cabeza como un maldito mosquito trompetero.

–Así que has conocido en persona a Allan Pinkerton –dijo Bradley, tras una pausa, cambiando de tema con toda la intención.

–En realidad... nos conocimos mucho tiempo atrás. Durante la guerra. Llevábamos dieciocho años sin vernos, pero fuimos grandes amigos.

–Y, oye..., ¿crees que podrías conseguirme una cita con él para hacerle una entrevista y publicarla en nuestro periódico? Acudiría yo a Chicago para ello, por supuesto. Ese Pinkerton es todo un personaje.

Macallan sonrió.

–Podría ser.

TRES: KANSAS

La llegada en tren a Kansas City causó en Macallan y Libuerque una viva impresión. En los últimos tiempos, viajando con el circo, habían tenido ambos la oportunidad de conocer la mayoría de las grandes ciudades del este, pero ninguna de ellas podía ofrecer un espectáculo como el que presentó ante sus ojos la mayor ciudad del medio oeste, incluso antes de descender, al filo del mediodía, del coche de primera clase en el que habían viajado toda la noche desde Elkhorn.

A través de la ventanilla de su departamento, habían podido contemplar terrenos ferroviarios de dimensiones casi inabarcables, surcados por vías de clasificación dotadas de muelles de carga que parecían perderse en el horizonte. En esas vías se estacionaban los trenes más largos de cuantos circulaban por los Estados Unidos. En sus vagones diseñados especialmente para el transporte de reses, se estibaban diariamente miles de cabezas de ganado para ser enviadas a las cuatro esquinas del país, en un trasiego que podía dejar corto al que se llevaron los egipcios para construir las pirámides.

La polvareda que los animales levantaban enturbiaba el cielo de la ciudad de sol a sol y los mugidos de las reses podían oírse en la mitad de sus barrios como el permanente telón de fondo de todas las conversaciones.

Tras apearse del tren, Macallan y Libuerque acudieron a la delegación de la Wells Fargo, situada en el propio edificio de la estación, para comprobar que sus equipajes, remitidos directamente desde Chicago, habían llegado sin problemas. En efecto, allí les esperaban sus pertenencias desde hacía ya varios días.

Acordaron con el empleado que se las enviaría a lo largo de esa misma mañana al 221B de Holmes Street. También le preguntaron por el modo de llegar hasta allí y el agente de la WF les indicó que lo más sensato era tomar en la puerta de la estación uno de los coches de alquiler cuyos conductores conocían la ciudad como la palma de su mano. Así lo hicieron; y cruzar Kansas City por vez primera constituyó para ellos todo un cursillo acelerado de lo que podían esperar de la ciudad.

Las calles más cercanas a la estación aparecían atestadas de viandantes del más variado pelaje. Abundaban, por supuesto, los *cowboys* polvorientos en busca de alcohol y diversión tras haber pasado las últimas semanas conduciendo inmensos rebaños de ganado. Pero también podía verse a mucha gente vestida con elegancia, a la moda del este, soldados, chinos, colonos, comerciantes, pistoleros...

En las cercanías de la estación proliferaban los bares, los burdeles y las oficinas bancarias, pero no faltaban las casas de comida, los comercios, los sastres, las barberías o las casas de baños.

Los quince minutos que les llevó llegar a Holmes Street resultaron reveladores del ambiente caótico en que vivía día y noche la ciudad.

A poco de iniciar el camino, un grupo de cuatro jinetes llegó desde el fondo de la calle dando gritos y disparando al aire, ante la indiferencia ciudadana, antes de meterse en tropel en un *saloon*, donde siguieron disparando.

Más adelante, vieron caer a la calle, desde un segundo piso, a un hombre en calzoncillos largos, tras atravesar el cristal de una ventana a la que se asomaron otro sujeto malencarado y una señorita en paños menores. El tipo de los calzoncillos se levantó y echó a andar, arrastrando los pies.

Poco después, a una manzana de distancia, oyeron más disparos. Vieron gente que se alejaba con prisas de allí. Cuando su carruaje pasó junto al lugar del incidente, dos cuerpos yacían en el suelo y se aproximaban al galope tres de los hombres del *sheriff* que, al parecer, constituían casi un pequeño ejército, al estilo de los incipientes cuerpos de policía de otras grandes ciudades del país.

Antes de llegar a su destino vieron a otro hombre tendido en el suelo junto al amarradero para los caballos de un almacén. A su lado, dos enterradores con levita negra se peleaban a puñetazo limpio para dilucidar quién se haría cargo del muerto.

HOLMES STREET

La calle Holmes era al menos el doble de ancha que la Main Street de Elkhorn. Y muchísimo más larga.

El 221B era un edificio nuevo de cuatro plantas, construido con los más modernos materiales y con la fachada de piedra.

Albergaba en los bajos un almacén general, Foster's, en el que podía encontrarse desde una pieza de tela de seda natural a suficientes cartuchos de dinamita como para hacer volar por los aires el Capitolio de Washington.

Macallan y Libuerque, tras apearse del carruaje y pagar al cochero, contemplaron su nueva casa con admiración y agrado.

–¿De veras vamos a vivir ahí? –preguntó el indio.

–Al menos, mientras Pinkerton no nos despida. Tiene buen aspecto, ¿verdad?

–Después de pasar tres años en un carromato, cualquier vivienda que permanezca inmóvil en su lugar me parece maravillosa. Pero esta es de primera, hay que reconocerlo.

–¿Vamos, entonces?

–Vamos.

Se entraba a la casa por un portalón que daba paso a un vestíbulo amplísimo decorado con motivos helenísticos.

–¡Qué raro es esto! –gruñó Libuerque–. ¡Y qué desperdicio! Solo en esta entrada hay suficiente espacio como para que pudieran instalarse seis familias y, sin embargo, no sirve para nada.

–Sí, hombre –replicó Macallan–. Sirve para llegar hasta la escalera.

Diecisiete escalones los condujeron hasta el rellano de la planta principal, en el que se abría una única puerta. Se aproximaron a ella y Macallan sacó la llave que le diera Pinkerton. Estaba a punto de introducirla en la cerradura cuando oyeron voces destempladas procedentes del interior.

Los dos hombres se miraron. Macallan desenfundó el revólver y Libuerque acarició la empuñadura de uno de los seis cuchillos que llevaba prendidos en el cinturón.

—La puerta está abierta —murmuró el primero, tras accionar el picaporte.

Cuando entraron, quedaron perplejos al comprobar que el piso se hallaba habitado. Vieron a varios hombres que entraban y salían de las habitaciones. Dos de ellos discutían acaloradamente en el pasillo. Otros tres, jugaban al póquer en una sala amplia situada junto a la entrada. Otro más empujaba un enorme baúl al interior de uno de los cuartos. Incluso había un sujeto muy delgado sentado en una mecedora junto a una de las ventanas, leyendo un periódico.

Decidieron acercarse a él.

—Perdone, amigo —dijo Macallan, enfundando el arma—. Esta es la planta principal del 221B de Holmes Street, ¿verdad?

El lector de prensa alzó la vista hasta los ojos de Macallan.

—Eeeh... Sí, creo que así es.

—En ese caso... ¿podría decirme qué hacen ustedes aquí?

—Ya lo ve. Cada cual hace lo que quiere. O lo que puede.

—Ajá. Lo que le pregunto es quién les ha dado permiso para instalarse aquí.

—¡Ah! Usted pregunta por LeRoy. Él es el jefe. Saliendo al pasillo, la primera puerta de la izquierda. Tenga cuidado: tiene mal genio.

—¡Oh! No me diga...

Cuando Macallan entró sin llamar en la primera habitación a la izquierda del pasillo, se encontró con un tipo con el torso desnudo, que mascaba tabaco, con los pies apoyados sobre una mesa de despacho mientras contaba un fajo de billetes de dólar.

—¿No sabe llamar a la puerta, amigo? —le espetó a Macallan.

—Doble error por tu parte: ni soy tu amigo ni tengo por qué llamar; esta es mi puerta, no la tuya, y la abro cuando me da la gana.

El tipo se puso tenso. No se esperaba una respuesta así. Tenía un Colt Frontier sobre la mesa pero lo había dejado demasiado apartado como para poder empuñarlo con rapidez. Macallan ya se había percatado de ello.

—¿De qué hablas? —preguntó el mascador de tabaco, tratando de mantener la compostura—. Mira, si quieres alquilar un cuarto son dos dólares por semana...

Macallan sonrió. Sin dejar de hacerlo y a la velocidad del rayo, desenfundó y apoyó el extremo del cañón de su revólver en la frente del sujeto, que abrió la boca dejando escapar un trozo de tabaco más negro que el alma de un verdugo.

—Atiéndeme bien porque no lo voy a repetir: esta vivienda es propiedad de la agencia Pinkerton. Y resulta que yo soy la agencia Pinkerton en Kansas City —dijo Macallan, colocándole su placa de detective a tres dedos de los ojos—. Anda, vamos fuera. Deja ahí tu revólver, por ahora.

Salieron de la habitación y se dirigieron a la pieza principal.

–¡Atención, señores! –gritó Macallan, sin dejar de apuntar a LeRoy–. ¡Préstenme su atención, por favor!

Los cinco hombres que ya estaban en la sala se volvieron hacia él. Tres más aparecieron al momento, procedentes de las habitaciones. Uno de ellos lo hizo subiéndose los pantalones.

–¿Qué ocurre? –preguntó el más joven de los que jugaban al póquer.

–Ocurre que este piso es propiedad de la agencia de detectives Pinkerton, de Chicago. Sé que el señor LeRoy les ha pedido dinero por instalarse aquí, pero no tenía ningún derecho a hacerlo, así que les va a devolver a todos ustedes hasta el último centavo. Eso sí, tendrán que exigírselo ya en la calle. Les ruego que recojan sus cosas de inmediato y vayan saliendo ordenadamente.

Mientras hablaba, Macallan hizo un repaso rápido. Solo el jugador que acababa de hablar iba armado y parecía peligroso. Fue este quien volvió a preguntar.

–¿Y qué pasa si no queremos marcharnos?

Macallan le dirigió una mirada de hielo antes de responder.

–Como su presencia aquí se puede considerar allanamiento de morada, tengo dos opciones: avisar a los hombres del *sheriff* para que ellos hagan cumplir la ley... o actuar yo mismo en legítima defensa de mi derecho de propiedad.

–Veo difícil que un muerto pueda actuar en legítima defensa.

Los ojos de Macallan se achicaron.

–No lo es tanto. Encuentro más difícil que un muerto juegue al póquer... y yo estoy viendo uno. Con cara de tonto, para más señas.

Mientras Macallan le respondía, el jugador movió el brazo derecho, en busca de su revólver. Al momento, surgiendo como de la nada, Libuerque llegó por su espalda y le clavó la mano izquierda a la mesa, atravesándosela con uno de sus cuchillos de hoja estrecha.

El hombre lanzó un terrible alarido. En una reacción instintiva se incorporó, al tiempo que tiraba del mango del cuchillo para liberarse. Mientras lo hacía, el indio aprovechó para desarmarlo. Medio segundo más tarde, le apoyaba el extremo del cañón de su propio revólver justo debajo del pómulo.

–Devuélveme mi cuchillo –le pidió el indio–. Despacito. Pero antes, limpia la hoja en tu camisa. No quiero mancharme de sangre de chacal.

Todos los demás entendieron el mensaje y se pusieron en movimiento.

Cuando el último de los hombres abandonó el piso, Macallan cerró la puerta y se volvió hacia Libuerque resoplando con alivio y palmeándole el hombro.

–Me parece asombroso que hayamos resuelto esta situación sin necesidad de matar a nadie.

–Nos estamos volviendo demasiado blandos –concluyó el comanche–. Debe de ser cosa de la edad.

–En la escuela militar en la que estudié de joven, lo llamaban negociación diplomática, pero no sabía de ningún

59

caso en que hubiese surtido efecto. A lo mejor hemos hecho historia.

Macallan fue a recoger el Colt de LeRoy y, con él en la mano, se asomó a la ventana.

—¡Eh! ¡Te olvidas el revólver! —gritó, arrojándolo a la calle, tras haberle sacado las balas.

Recorrieron el piso lentamente y tomaron la decisión de instalar la oficina en la sala principal y más cercana a la puerta. Luego, escogieron sus propias habitaciones entre las cinco que quedaban libres y decidieron dedicar otra, dotada de un gran ventanal, a espacio común.

—Mandaré poner aquí un par de buenos sillones y una estantería. Y compraré algunos libros. ¿Sabes leer, Libuerque?

—No del todo bien. Se me da mejor disparar.

—Así aprenderás.

—Es una gran vivienda —comentó el indio—. Con mucho más espacio del necesario para montar una simple oficina. Lástima que estos tipos la hayan dejado hecha un asco. Huele que apesta a hombre blanco.

Macallan volvió a sonreír.

—Eso tiene fácil arreglo.

Bajó al almacén de Foster en busca de alguien que se ocupase de hacer una limpieza a fondo, llegó a un acuerdo con el dueño, un irlandés de pequeño bigote, mediana edad y enormes patillas, y regresó enseguida acompañado por una de sus empleadas y cargando con diversos útiles de limpieza.

La mujer ya no era joven ni demasiado bonita, pero tenía el cabello de un rubio inesperado y una sonrisa reconfortante. Se llamaba Rosabelle y se puso de inmediato a la tarea de adecentar el lugar.

Algo más tarde llegaron los equipajes, enviados desde la consigna de la estación del ferrocarril. Y poco después, mientras los dos hombres desembalaban sus objetos personales, un grito espantoso lanzado por Rosabelle los llevó a dar el salto de la rana y precipitarse en su ayuda.

–¡Rosabelle! ¿Qué ocurre? –preguntó Macallan, saliendo al pasillo.

La respuesta fueron nuevos gritos entrecortados.

Procedían de una de las habitaciones situadas al fondo de la casa y ambos corrieron hacia allí. Abrieron la puerta del cuarto sin muchas contemplaciones y se vieron enfrentados a una escena ciertamente sorprendente, con la mujer sentada en el suelo y, frente a ella, un hombre minúsculo, un enano acondroplásico que le hacía gestos enérgicos, intentando convencerla para que se callase.

–¡Quieto! ¡Atrás! –gritó Macallan, apuntando al enano con su revólver–. ¡Apártate de ella!

El hombre alzó los brazos como signo de rendición y obedeció.

Libuerque se acercó a atender a Rosabelle.

–Cálmese, señora. Ya ve que no hay peligro. ¿Qué es lo que ha ocurrido?

–¡Estaba escondido dentro del armario! –gritó ella, señalando al enano–. ¡Al abrirlo, ha saltado fuera y me ha dado un susto de muerte!

–No es para menos –consideró Macallan–. ¿Se puede saber quién eres y qué hacías ahí metido?

El hombrecillo tragó saliva antes de responder. Tenía los claros ojos muy abiertos y vestía como un vaquero, con pantalones de loneta, camisa de color rojo, pañuelo al cuello y chaleco de cuero. En el suelo, boca arriba, había un sombrero de *cowboy* de color negro.

–Me llamo Russell, Stuart Russell. Y solo estaba... intentando ganar tiempo. Llevo unos días viviendo en esta casa y, de pronto, he oído gritos y maldiciones. He supuesto que se iba a montar una gresca y me he escondido. No se me da bien pelear, como ya supondrá. Y, de repente, al parecer, todo el mundo se ha marchado y yo... no sabía qué hacer.

–Pues te voy a sacar de dudas: ¡largo de aquí! Este es un domicilio particular, no una pensión.

Añadiendo la acción a la palabra, Macallan empujó al enano fuera de la habitación y luego pasillo adelante en dirección a la puerta, propinándole puntapiés en el trasero.

–¡Vamos, fuera!

–¡Espere, por favor! –suplicó el hombrecillo–. No tengo a dónde ir y esta ciudad es complicada para los tipos como yo. ¡Compréndalo!

–Haberlo pensado mejor antes de venir a Kansas.

–No pude pensármelo, señor Macallan. ¡Yo nací aquí!

–¡Mala suerte! ¡Adiós!

Macallan abrió la puerta, empujó a Russell al rellano y la cerró sin contemplaciones.

En el mismo momento en que daba el portazo, Macallan quedó inmóvil y con la boca entreabierta. Miró a Libuerque, que fruncía el ceño, y, de inmediato, volvió a abrir la puerta. El enano seguía allí, limpiándose a palmetadas el polvo de los pantalones.

—¿Cómo demonios sabes mi nombre? –le preguntó Macallan.

—He supuesto que el indio se llamaría Oso Sordomudo o algo similar. Así que, por descarte, he imaginado que usted sería George Macallan.

—Continúa.

El enano limpió ahora parsimoniosamente su sombrero antes de contestar.

—Ayer aparecieron por aquí tres tipos preguntando por usted. No tenían aspecto de santos ni parecían traer buenas intenciones.

Macallan se rascó la barbilla y abrió completamente la puerta.

—Pasa adentro –dijo.

STUART

Russell medía exactamente un metro y treinta y dos centímetros, aunque su cabeza, manos y pies correspondían a los de un hombre de talla convencional.

Macallan le pasó las manos bajo los sobacos y lo levantó en el aire sin mucho esfuerzo, como habría podido hacer con un niño de seis años y medio.

—¿A qué te dedicas, Stuart? –le preguntó, tras depositarlo sobre una mesa y sentarse frente a él, en un taburete.

—A esto y lo otro –respondió Russell, alzándose de hombros–. Durante el último año y medio, me he ganado la vida acarreando reses en los muelles del ferrocarril. Ayudo a estibar el ganado en los vagones, para su transporte.

–¿Puedes montar a caballo?

–Pues claro. Tengo una silla hecha a mi medida.

Macallan sonrió.

–También yo. La mía está hecha en México.

–La mía, no.

Macallan volvió a mirar al enano de arriba abajo. Le estaba costando construirse una opinión sobre él.

–Explícanos en detalle lo de esos hombres que vinieron preguntando por mí.

Russell apartó la mirada de Macallan y la posó en Libuerque, que permanecía al fondo de la sala, con la espalda apoyada en la pared. Pareció estudiarlo con detenimiento antes de responder.

–Como ya le he dicho, eran tres. Forasteros, casi seguro, aunque eso no es mucho decir, porque la mitad de la población de Kansas City lo es. Blancos y con acento del este. Uno, joven y los otros, de mediana edad; el que llevaba la voz cantante lucía bigote de guías y entró preguntando quién era George Macallan. Se extrañaron de que nadie se diera por aludido. Se aseguraron de que la dirección era la correcta. Después de hablar con LeRoy en su cuarto, se fueron los tres.

–¿Cómo vestían?

–Como pistoleros profesionales: botas de montar, pantalones ajustados, camisas, chalecos, guardapolvos largos de color claro y sombreros de ala muy ancha. Dígame, señor Macallan: ¿tiene puesto precio a su cabeza, por casualidad?

Macallan gruñó.

64 –Seguro que muchos se alegrarían con mi muerte, pero no conozco a nadie que esté dispuesto a pagar por ello. ¿Por qué lo dices?

—Porque, en un primer momento, me parecieron cazadores de recompensas.

Macallan hizo un mohín mientras valoraba las palabras del enano.

—Los cazarrecompensas suelen trabajar en solitario —dijo después.

—Oh, cierto. Seguramente, estoy equivocado.

Macallan afiló la mirada. La última frase de Russell significaba justo lo contrario de lo que decía.

—¿Qué armas llevaban?

El enano sonrió y señaló con el dedo a Macallan.

—Buena pregunta. Uno de los dos tipos callados no paraba de jugar con sus revólveres y pude fijarme en ellos. Eran Remington. Muy grandes, con el cañón muy largo, de color claro y con el guardamonte dorado.

Macallan se irguió, serio. Sus primeras impresiones parecían confirmarse con aquel dato.

—El modelo que la casa Remington fabricó para el ejército.

Libuerque se acercó, para hablarle a Macallan en un susurro.

—Podrían ser *marshalls*.

—No, no eran *marshalls* —respondió Russell, demostrando poseer un oído muy fino—. Los *marshalls* van siempre presumiendo de su condición. Se les nota a la legua. Quizá fueran otro tipo de agentes de la ley, pero no *marshalls*.

—¿*Rangers*?

—Tampoco.

Macallan se levantó del taburete y paseó en silencio **65** por la sala, con aire pensativo. Después de un par de minutos, se volvió de nuevo hacia el hombre pequeño.

—Eres muy observador, por lo que veo.

—Digamos que dispongo de un punto de vista distinto al del resto de la gente. Y tengo que estar atento a todo cuanto me rodea, para no ser pisoteado. Me explico, ¿verdad?

Macallan asintió, pensativo.

—Si has nacido aquí, doy por sentado que conoces bien la ciudad.

—Mejor que mis posaderas, que solo puedo verlas del revés, en el espejo.

Libuerque soltó una carcajada. Macallan miró en silencio al enano durante un rato largo, antes de volver a hablar.

—Dime, Stuart: ¿te gustaría trabajar para mí?

—Depende de las condiciones.

—Diez dólares a la semana, más habitación y comida. El *whisky* corre de tu cuenta.

—Hecho. ¿Dónde hay que firmar?

Libuerque acercó de nuevo la boca al oído de Macallan.

—Pero, jefe..., se trata de un enano.

—¿Y qué? Mi cupo de errores ya está cubierto desde que te contraté a ti. Después de eso, no creo que incorporar a Stuart a nuestro equipo pueda empeorar las cosas.

—Pues lo hará, ya lo verás. Los enanos atraen la mala suerte.

Macallan miró a Libuerque con sorpresa.

—¡Eh! ¿A qué viene eso? Pensaba que vuestro pueblo cuidaba de los tullidos como de cualquier otro ser humano.

—Eso hacemos, desde luego. Pero una cosa no quita la otra. Los enanos atraen la mala suerte. Tiempo al tiempo.

DALTREY

Macallan, Libuerque y Russell se acercaron más tarde hasta la oficina del Trust Bank situada en el 163 de la calle Holmes. El enano caminaba con pasos muy rápidos, por lo que, pese a la corta longitud de sus piernas, podía mantener la marcha de sus compañeros si estos no se esforzaban por dejarle atrás.

Poco antes de llegar a la sucursal bancaria, le advirtió a su nuevo jefe:

–Este es un banco con sorpresa.

–¿A qué te refieres?

–Lo verá enseguida, jefe.

Entraron y Macallan, tras identificarse ante el interventor, pidió hablar con el director de la oficina. El hombre asintió y los guio hasta la puerta del despacho de dirección, a la que llamó con los nudillos. De inmediato, la abrió dos palmos sin esperar contestación.

–Esta aquí el señor George Macallan, el nuevo delegado de la agencia Pinkerton.

–¡Ah, por fin! Que pase, Dous.

Macallan creyó haber oído mal. Pero cuando Dous abrió la puerta por completo, le invitó a pasar y él pudo así lanzar una mirada sobre el director, se dio cuenta de que sus oídos no le habían engañado.

El director era una mujer.

–Adelante, señor Macallan. Soy Eleanor Daltrey, directora de esta sucursal del Trust Bank. Es un placer conocerle.

Se trataba de una mujer atractiva, alta, de edad indeterminada entre los treinta y los treinta y dos, morena y de mirada despierta. Llevaba un vestido blanco de generoso escote y usaba gafitas de cerca, de montura metálica, que se retiró con ambas manos antes de incorporarse, dejando así al desnudo unos cautivadores ojos castaños de larguísimas pestañas.

Aunque era la primera vez que veía a una mujer al frente de una oficina bancaria, ni por un momento dudó Macallan de que mereciera el puesto que ocupaba.

—Estoy igualmente encantado de conocerla, señora Daltrey —dijo Macallan, entrando en el despacho y tendiéndole la mano, que ella estrechó como si fuera un hombre.

—Y seguro que también algo sorprendido, no lo niegue —replicó ella, sonriendo de un modo encantador.

—No lo niego —admitió Macallan—. Debe ser cierto eso de que para todo hay una primera vez. Y es la primera vez que estoy frente a una directora de banco.

Ella sonrió. Él sonrió. Y mientras tanto, siguieron estrechándose las manos.

—Así que, por fin, Allan Pinkerton ha encontrado a la persona idónea para dirigir su agencia en Kansas City —dijo la mujer, rompiendo aquel silencio, algo embarazoso.

—Eso habrá que verlo —dijo Macallan, deshaciendo finalmente el apretón de manos.

Libuerque y el enano también habían entrado en el despacho, aunque permanecían junto al umbral.

—¿El caballero que le acompaña es su colaborador?

La mujer había clavado la mirada en Russell. Macallan sonrió.

—Ambos lo son. Permítame presentarle al señor Libuerque...

Eleanor se sorprendió al descubrir al indio dos pasos por detrás y a la derecha de Macallan.

–Oh, discúlpeme. No le había visto.

–No se preocupe –replicó Libuerque–. Me suele ocurrir.

–...Y él es Stuart Russell –completó Macallan.

La directora quedó seria mientras se giraba de nuevo hacia el hombre pequeño.

–Lo sé. El señor Russell y yo nos conocemos bien y desde hace largo tiempo. Pertenece a una de las mejores familias de la ciudad, pero él siempre ha preferido llevar su propia vida, lo cual es de admirar. ¿Cómo estás, Stu? Me alegro de verte.

–Ya lo ves, Eli. Siempre probando cosas nuevas. Está en mi naturaleza. En cuanto a ti, te veo estupenda.

–No te quepa la menor duda.

El tono en el que el enano y la mujer intercambiaron sus frases hizo que Macallan y Libuerque se miraran de reojo, un tanto sorprendidos.

–Para que él no les cuente una versión inexacta de lo nuestro durante su próxima borrachera, creo que será mejor que se lo diga yo misma: el señor Russell y yo estuvimos prometidos durante un tiempo. Justo hasta el día en que él decidió por su cuenta romper ese compromiso.

El enano chasqueó la lengua, al tiempo que se sonrojaba visiblemente.

–Vamos, Eli..., fue por el bien de ambos. Tú sabes que eso que llamas «lo nuestro» no habría funcionado.

–Tal vez. Pero me habría gustado tomar aquella decisión de común acuerdo.

–Eso resulta harto difícil, querida. Tanto como terminar una batalla sin vencedores ni vencidos.

–Y tú decidiste que a mí me tocaba perder.

–Solo por esta vez.

Macallan y Libuerque no sabían qué cara poner. Cuando estaban a punto de empezar a sentirse realmente incómodos, la mujer lanzó un suspiro con el que pareció abandonar el asunto Russell y, de inmediato, volvió a ejercer su papel de directora.

–El señor Allan Pinkerton le ha autorizado a disponer de los fondos de la cuenta bancaria de su agencia hasta un total de mil dólares –le indicó a Macallan–. Cuando nos aproximemos a esa cantidad, nosotros mismos cursaremos, si lo desea, petición a su central en Chicago para renovar esa disponibilidad.

–Me parece estupendo, Eleanor. ¡Ejem...! ¿Puedo llamarla Eleanor?

–Desde luego, George –sonrió ella–. Desde luego que sí. ¿Quiere realizar ya un primer reintegro? Imagino que tendrá gastos que atender.

–Bueno... Lo cierto es que sí. Doscientos dólares estaría bien.

–¡Dous! ¡Prepara doscientos en billetes pequeños para el señor Macallan! –gritó la directora.

Los tres hombres y la mujer se miraron durante cinco segundos y seis décimas antes de que Macallan volviera a hablar.

–He visto en la entrada a un hombre armado que, desde luego, no parecía un cliente. Me ha llamado la atención.

–Se trata de uno de nuestros propios agentes de seguridad. A veces, solo a veces, los hombres del *sheriff* tardan en aparecer pese a que se les avise con urgencia. Aquí, decidimos intentar defendernos de los atracadores por nosotros mismos.

–Entiendo. Veo que la mala fama que arrastra la ciudad está justificada.

–Oh, no sé qué imagen tendrá Kansas City en el resto del país, pero seguro que no es para tanto. Fíjese: desde que yo estoy al cargo de esta oficina, apenas hemos tenido un par de intentos de atraco al mes.

Macallan abrió los ojos con sorpresa. La mujer pensó que nunca había visto en un hombre unos ojos tan azules y tan prometedores.

–¿Ha dicho... dos al mes?

Ella se alzó de hombros. Macallan pensó que nunca había visto en una mujer un gesto de indiferencia tan encantador.

–Desde luego, es posible que otros bancos sufran un mayor acoso por parte de los forajidos. El nuestro cuenta con especiales medidas de seguridad y ellos lo saben de sobra. Se llama disuasión.

–Veo que conoce perfectamente el terreno que pisa, pero... En fin, si en algo pudiese ayudarles la agencia Pinkerton, no dude en avisarme. Eleanor.

–Lo tendré muy en cuenta. George.

El interventor apareció en ese momento bajo el umbral con un amarillento sobre de papel manila en la mano.

–Los doscientos dólares ya están listos, señora.

Macallan y Daltrey se miraron a los ojos, una vez más.

—¿Desea alguna otra cosa? —preguntó ella.

—Una pregunta muy comprometedora —respondió él.

Cuando los tres hombres abandonaron el banco Trust y salieron de nuevo a la calle Holmes, Libuerque fue el primero en hablar.

—¿De veras fuiste el novio de esa preciosidad de mujer?

—Prometido, que no es lo mismo. Prometido. Bueno, ya lo has oído. ¿Acaso eres de los que piensan que los enanos no podemos enamorar a una mujer como cualquier otro?

—Ahora ya no lo pienso, desde luego. Por cierto que, si lo vuestro terminó, espero que no te importe que lo intente yo, ¿verdad?

—Está casada, Libuerque. Lo nuestro terminó hace mucho tiempo y después se casó con otro.

—No te he preguntado eso.

—¡Ya lo sé! Solo trato de evitarnos problemas. A mí no me importa que intentes cortejarla, pero a su marido, seguramente sí.

—¿Quién es su marido?

—Un... un ingeniero del ferrocarril. Un perfecto idiota.

Libuerque rio. Algo extraño, pues no solía hacerlo los días impares y aquel día era 29.

—¡Por lo que veo, sigues enamorado de ella!

—¡Qué va, qué va...! ¿No has oído que fui yo quien acabó con nuestra relación?

—Lo he oído y no me lo creo. A saber qué pasaría realmente.

Macallan se interpuso entre ambos, cortando la discusión.

—¡Dejadlo estar! Me ponéis dolor de cabeza.

–Ha sido culpa de este indio, que dice que quiere cortejar a mi antigua novia.

–Prometida. Tu antigua prometida.

–¡Ya basta! –exigió Macallan, muy firme–. Es la hora de comer y eso es lo único importante en este momento. Stuart, ¿hay alguna casa de comidas barata y recomendable por aquí cerca?

Russell lanzó una mirada panorámica, mientras se acariciaba el mentón.

–Si os parece, podemos ir a una *steak-house* que hay a la vuelta de la primera esquina.

–Suena bien –reconoció Macallan.

MORRISON'S

Era un local grande, abierto a la calle, con no menos de una treintena de grandes mesas atestadas de *cowboys* capaces, a un tiempo, de comer, beber y eructar prolongadamente.

Kansas City podía ser una ciudad complicada y peligrosa, pero allí se podía conseguir la mejor carne de res del mundo y eso suponía una ventaja de la que disfrutar. Sobre unas enormes parrillas alimentadas con brasas de leña, se cocinaban algunos de los filetes más grandes y jugosos que Macallan o Libuerque hubiesen visto en su vida y, por fortuna, el delicioso olor que emanaba de esas parrillas se imponía al nauseabundo olor corporal que emanaba de los comensales.

Tomaron los tres hombres asiento en el extremo libre de una mesa alargada y, enseguida, se les acercó una camarera. Era una chica joven y bonita, pero el cansancio que le afloraba al rostro marchitaba su belleza casi por completo.

–Hola, Stuart.

–Susana...

–¿Qué va a ser?

–¿Tienes coliflor?

–Ja, ja –respondió ella con desgana.

–¿Y carne de res?

–Mira, eso sí.

–Entonces, carne para los tres.

–¿Cinco libras o diez? –preguntó la chica.

Russell miró a sus compañeros, que se alzaron de hombros.

–Si paga Pinkerton, yo me atrevo con uno de diez libras –proclamó el enano.

Sus compañeros asintieron.

–Tres filetes de diez libras, entonces –resumió Susana–. ¿Para beber?

–Cerveza rubia.

–Negra para mí –pidió Macallan.

–La mía, roja –dijo Libuerque.

–Marchando.

–Guapísima –la despidió Stuart.

–Chiquitín –replicó ella, mientras les daba la espalda.

Libuerque miró entonces a su nuevo compañero con renovado interés.

–¿Acaso conoces a todas las mujeres de la ciudad?

–En sentido literal, sí. En sentido bíblico, me faltan algunas.

Macallan rio la frase. Libuerque no la comprendió, pero le volvió a interpelar.

–No quiero imaginar cómo serías de haber nacido con la talla normal.

Russell sonrió, mientras miraba al indio.

–Ay, amigo, qué poco sabes de las mujeres. Si yo midiese lo mismo que tú, ninguna de ellas se fijaría en mí. Susana no se acordaría de mi nombre, como no recuerda el de ninguno de sus otros clientes. Pero a mí tienen que prestarme atención, aunque solo sea para no tropezar conmigo. Aunque te cueste creerlo, en ese sentido soy un tipo afortunado.

–Empiezo a pensar que es así. Chiquitín.

–No te pases de la raya, Toro Sentado.

Tras dar cuenta de los tres impresionantes bistecs, sazonados con sal y pimienta, tiernos como la manteca y asados en su punto justo, Macallan, Libuerque y Russell pidieron una cafetera de café claro y una botella de aguardiente, para compartir, a modo de postre.

Servida la primera ronda de café y licor, Macallan sacó del bolsillo de la camisa una hojita de papel con anotaciones.

–Tenemos que publicitar la agencia. Necesitamos encontrar una imprenta donde nos preparen tarjetas y pasquines.

–Sé dónde hay una que trabaja bien y a buen precio –dijo Russell de inmediato.

–Me juego la paga de un día a que la dueña es una mujer –comentó Libuerque.

–También insertaremos anuncios en algún periódico local –continuó Macallan–. Lo haremos el domingo, que es el día en que más gente lee los diarios. Y encargaremos en Foster's un rótulo grande, con el nombre de la agencia Pinkerton. Lo sujetaremos al balcón, para que se vea bien desde la calle. Aun así, supongo que tardarán algún tiempo en aparecer los primeros clientes, así que había pensado que podríamos investigar cierto asunto por nuestra cuenta. Para ir, digamos..., entrenando nuestras habilidades.

–¿Y qué asunto es ese? –preguntó Russell.

Macallan se volvió hacia él con el ceño fruncido.

–No te veo muy despierto, pequeño –le dijo, con sorna–. Tú mismo me dijiste que tres hombres aparecieron ayer en el piso de la calle Holmes y preguntaron por mí. No por el delegado de Pinkerton sino por mí, en persona; por George Macallan, ¿no es así?

–Cierto, así fue –respondió el enano, serio.

–Quiero saber quiénes eran, qué querían de mí y dónde se encuentran ahora.

Libuerque y Russell se llevaron a los labios sus respectivas tazas de café, creando un vacío en la conversación.

–Bien. ¿Por dónde empezamos? –preguntó el comanche después.

–Puesto que no dieron conmigo, es posible que sigan en la ciudad, esperando localizarme –dijo Macallan–. Y si son forasteros, estarán hospedados en algún hotel o pensión.

–Debe de haber más de medio centenar de casas de hospedaje en Kansas –precisó Russell–. Llevará tiempo recorrerlas todas.

–No, si damos pronto con la correcta. No consiste en ir una por una sino en pensar por cuál empezar. En todo caso, las principales cualidades de un detective son la perseverancia y la paciencia. Eso lo aprendí del propio Pinkerton hace muchos muchos años.

PESADILLA

De regreso a la agencia, asistieron a una pelea multitudinaria entre vaqueros en la que, sin embargo, no se disparó un solo tiro. Macallan llegó a la conclusión de que los *cowboys* se estaban moliendo a palos unos a otros por pura diversión.

Una vez de nuevo en el piso de la calle Holmes, Macallan sintió un cansancio irresistible, que lo llevó a tumbarse en su cama mientras Libuerque y Russell discutían sobre la mejor estrategia para dar con el paradero de los tres pistoleros desconocidos.

Macallan se durmió de inmediato y tuvo un sueño extraño, en el que se vio acarreando ganado en rebaños tan grandes que se perdían de vista en el horizonte. Algunas de las vacas tenían la cara del presidente Lincoln y otras se parecían sospechosamente a Pinkerton. Tres de los animales le embestían una y otra vez, mugiendo su nombre. Luego, más y más reses del rebaño se sumaban al acoso, del que Macallan no podía huir por más que azuzaba a su caballo, que parecía galopar a cámara lenta. Cuando estaba a punto de ser arrollado en sueños por la mayor estampida de ganado producida en la historia del mundo, Libuerque lo despertó sacudiéndolo por el hombro.

Macallan se incorporó con el corazón encabritado, echando mano instintivamente a su costado izquierdo, donde habitualmente llevaba la pistolera.

–Calma –fue el consejo del indio–. Fuera lo que fuera, se trataba de una pesadilla.

A Macallan le costó serenarse.

–Era muy real –farfulló por fin, con la boca seca, aún hinchadas las venas del cuello a causa de la tensión.

–Si se repiten, te puedo hacer un atrapasueños.

–¿Qué es eso?

–Una artesanía de mi tribu. Aros de metal entretejidos con hilos de colores.

–¿Y... funcionan?

–Creo que no.

Macallan se levantó de la cama tambaleante y bebió un largo trago de agua directamente de una jarra de cristal.

–Hay alguien que te espera en el despacho –dijo el indio después.

–¿Cómo? ¿Un cliente? ¿Ya?

–La verdad, no tiene aspecto de ser un cliente.

–¿No podríais atenderle alguno de vosotros? Me siento algo mareado.

–Ha preguntado por ti.

–¿Por el delegado de la agencia Pinkerton?

–No, no. Por ti. Por George Macallan.

Macallan se llevó las manos a las caderas.

–¿Cómo es posible que tanta gente me conozca en una ciudad que jamás había pisado hasta hace unas horas?

FRANK

Al abrir la puerta del despacho, encontró sentado en una silla, muy erguido, a un muchacho de unos quince años. Rubio, alto y delgado. Parecía cansado y nervioso a un tiempo. A su lado, apoyada en el suelo, reposaba una maleta de cartón.

–Hola, muchacho. Soy George Macallan –dijo, tendiéndole la mano–. Creo que has preguntado por mí, ¿no es así? ¿En qué puedo ayudarte?

El chico lo miró de arriba abajo durante unos segundos, en silencio. Luego habló con voz que no era de hombre ni de niño.

–No sé en qué podrá ayudarme, señor. Pero, desde luego, me gustaría que lo hiciera.

Macallan se fijó en los ojos del muchacho y sintió un pinchazo a la altura del diafragma. Tenía el iris de un color muy peculiar. Un azul claro, muy característico. El mismo azul que veía todas las mañanas cuando se miraba en el espejo.

–Si tú mismo no sabes qué puedo hacer por ti, me va a ser difícil...

–Me llamo Franklin, pero todo el mundo me llama Frank.

–Muy bien, Frank...

–Frank Macallan.

Macallan y Macallan se miraron de hito en hito. También Russell y Libuerque, de pronto, se sintieron interesados en el joven y atendieron a la escena desde lejos.

Después de una pausa interminable, el Macallan viejo masculló para sus adentros una maldición que le garantizaba la condenación eterna en el caso improbable de que esta no fuera ya segura al cien por cien. Luego, trató de sonreír aunque solo consiguió una mueca patética.

–Macallan, ¿eh? Qué... casualidad.

–Creo que no es casualidad, señor.

–Ya. Lo imaginaba. Y... ¡Ejem...! ¿Quién... quién es tu madre, chico?

–Mi madre falleció hace tres días. Se llamaba Justine Adams. Vivíamos en Des Moines.

Macallan frunció el ceño.

–Lo siento pero no... no me suena.

–Es la capital de Iowa.

–No, ya, ya... Eso ya lo sé. Me refiero a tu madre. Sinceramente, no... no la recuerdo.

–Bueno, es normal. Creo que ustedes dos no llegaron a conocerse.

Macallan parpadeó, cada vez más perplejo.

–¿Qué no...? Entonces... ¿Cómo demonios naciste tú? ¿Por vía telegráfica?

El joven parpadeó.

–¿Eh? No, no, yo nací de modo normal, como todo el mundo. Al menos, eso creo. Aunque era muy pequeño y no me acuerdo bien.

Macallan se frotó la cara con las manos. Se sentía aturdido.

–Vamos a ver, chico, Frank, Frankie, vamos a ver, que me parece que nos estamos liando. ¡Nos estamos liando mucho y eso no puede ser! Respóndeme a algo muy sencillo: ¿estás intentando decirme que... que eres mi hijo?

El joven Macallan suspiró.

–¡Oh, no, no, señor! Disculpe si no lo he dejado claro desde el principio. No soy su hijo. Soy su sobrino. Mi padre era su hermano. Su hermano Andrew.

Macallan se dejó caer de golpe sobre la butaca.

–¡Acabáramos! ¡Por Dios, muchacho! ¡Vaya susto que me has dado! ¡He pensado que me daba un síncope, caray!

–Lamento la confusión. Debí haber empezado por ahí.

–Ya, bueno, es igual... Por cierto: ¿cómo has logrado dar conmigo?

Al chico se le encharcaron los ojos al tratar de responder. Pero lo hizo, de todos modos, tras deshacer el nudo que se le había formado en la garganta.

–Hace dos semanas, los médicos le dijeron a mi madre que se moría sin remedio. Ella no tenía familia y mi padre murió hace varios años.

Macallan asintió. Lo recordaba perfectamente.

–Hace siete años, en efecto. Sigue.

–Ella sabía que usted siempre había sacado a mi padre de todos los líos en los que se metía. Que siempre se había portado con él como un buen hermano mayor. Pensó que usted era la única persona a la que podía recurrir para que se hiciera cargo de mí. Como no sabía dónde encontrarle, decidió acudir a la agencia Pinkerton. Alguien le dijo que son unos detectives excelentes. ¡Y vaya si lo son! Al día siguiente, ya le habían localizado. Algo asombroso.

Macallan rio.

–Hombre, no es tan asombroso, teniendo en cuenta que formo parte de su plantilla. Oye, dime: ¿os cobraron por encontrarme?

–Cincuenta pavos.

–¡Qué cara más dura! ¡Si solo tuvieron que mirar su lista de personal! Si no llego a ser uno de ellos, los de Pinkerton no habrían dado conmigo ni en cien años.

–La cuestión es que nos proporcionaron su dirección aquí, en Kansas City. Para entonces, sin embargo, mi madre ya estaba demasiado débil para viajar. Poco antes de morir, me dijo que le buscase. Confiaba en que usted... le echaría una mano a mi padre, como siempre había hecho. Un último favor de hermano. Y aquí estoy. Acabo de llegar a la ciudad. A bordo de un tren.

Cuando Frank terminó de hablar, su tío lo miraba con los ojos fijos y muy abiertos. Pasó un largo rato. Un río de silencio. Macallan se levantó y fue hacia la ventana, rascándose la nuca. Había roto a sudar cuando habló de nuevo.

–Esto no me puede estar pasando a mí –susurró.

El chico bajó la mirada y se puso en pie, lentamente.

–Lo comprendo –murmuró–. Usted no tiene ninguna obligación hacia mí. Y mi madre me dijo que no insistiera. Es preferible quedarse solo a estar junto a alguien que no te quiere a su lado. Gracias por escucharme, de todos modos.

Tomó su maleta y se dirigió a la salida. Pero en la puerta se encontró con Russell y Libuerque, que habían asistido desde allí a la escena y que le cerraban el paso.

–¿Me permiten pasar, por favor?

–Ni hablar. Quieto ahí –respondió el enano.

–Jefe... –murmuró el indio–, no puede dejar al chico solo en esta ciudad. No durará vivo ni las horas del fuego.

—Y usted cargará con su muerte sobre su conciencia el resto de su vida —predijo Russell.

—Los remordimientos lo convertirán en un hombre irritable y amargado. Y, siendo nuestro jefe, nosotros sufriremos las consecuencias —concluyó Libuerque.

—De modo que, si el chico se marcha, nosotros también nos vamos —amenazó Stuart.

Macallan boqueaba. Parecía haber caído en un estado de perplejidad absoluta. Por suerte, de pronto sacudió la cabeza y volvió a la realidad.

—¡Pues claro que no se va! ¡Qué tonterías estáis diciendo! ¡Es mi sobrino! ¡Por Dios bendito, tengo un sobrino de... de...! Oye, chico, ¿cuántos años tienes?

—Quince, señor Macallan.

—¡No me llames señor Macallan, calamidad! Soy tu tío carnal, así que llámame tío. Tío George. ¿De acuerdo?

—De acuerdo, señor Macallan.

—¡Así me gusta!

Frank Macallan sonrió, aliviado. Sin proponérselo, tenía la misma irresistible sonrisa de su tío George.

—Entonces..., ¿de veras puedo quedarme con usted? ¿Con ustedes?

—¡Pues claro que sí! Mira, estos dos son Stuart y Libuerque. Ellos te enseñarán tu habitación. Pero antes... deja esa maleta en el suelo y dame un abrazo, anda.

A Macallan le pareció que su sobrino le obedecía de mala gana. Pero cuando Frank se echó en sus brazos, no tuvo la menor duda de que un verdadero vínculo de sangre le unía con aquel chico. Y el muchacho prolongó el gesto mucho más de lo que se esperaba.

–Gracias, tío George –le susurró al oído finalmente.

Y Macallan, que era un tipo duro por fuera y tierno por dentro, tuvo que echar mano de todos sus recursos interpretativos para mantener inmaculada su imagen de pistolero impasible ante sus nuevos empleados.

BONINO

–Y bien, Frank: ¿tú qué sabes hacer?

El joven Macallan se encogió de hombros. Tras dejar sus cosas en el segundo cuarto izquierda, se había reunido con su tío, Russell y Libuerque en el despacho principal.

–No sé a qué te refieres, tío George.

–¿Sabes disparar un arma?

–N... no.

–¿Sabes montar a caballo?

–Apenas.

–¿Sabes cocinar?

–Tampoco.

–¿Sabes tocar el banjo?

–No.

–¿Qué demonios sabes hacer, entonces?

Durante unos segundos y ante la atenta mirada de los tres hombres, el muchacho pensó furiosamente qué era lo más difícil que sabía hacer. Y creyó dar con ello.

--Sé hacer raíces cuadradas.

–Ah. ¿Eres jardinero? –le preguntó Libuerque.

–No, no lo soy.

–¿Qué es eso de las raíces cuadradas? –insistió el indio–. Nunca he visto ninguna planta con las raíces cuadradas.

–Es una operación matemática –le explicó Macallan–. Como sumar o restar, pero más complicada. Yo también aprendí a hacerlas en la academia militar. Aunque lo he olvidado.

–¿Para qué sirven las raíces cuadradas?

Tío y sobrino se miraron tras la pregunta del comanche.

–La verdad es que no sirven para nada. Tal vez sí en Nueva York o Boston; pero no en Kansas City. Así que no te preocupes más por ello, Libuerque.

–Ah, bien.

Macallan miró a su sobrino con interés.

–¿Serías capaz de gestionar un presupuesto y llevar un libro de ingresos y gastos?

–Creo que sí –respondió Frank sin titubear.

–Bien. De momento, serás el contable de la agencia. Pero quiero que aprendas a montar a caballo y disparar. Todos los Macallan hemos sido buenos jinetes y mejores tiradores. Tú no vas a dejar nuestro apellido en mal lugar. ¿Estamos?

–Sí.

–¿Cuándo es tu cumpleaños?

–El veintiocho de diciembre.

–No me fastidies...

–¿Qué ocurre?

–Nada, nada... En realidad, mejor que hayas nacido el día de los inocentes que el día de los culpables. Mira, mañana iremos a comprarte un revólver. Será tu regalo de cumpleaños. De tu próximo cumpleaños.

—Yo preferiría un reloj.

—Te aguantas. Si quieres saber la hora, me la preguntas a mí. ¿Está claro?

Los nuevos detectives de la agencia Pinkerton en Kansas City dedicaron el resto de la tarde a instalarse cada cual en su habitación.

Había oscurecido ya cuando Macallan reclamó la atención de los demás dando palmas por el pasillo.

—Tendremos que salir a cenar, ¿no? A ver, Stuart, ¿dónde podríamos ir que no sea obligatorio comerse medio buey?

—En esta ciudad es difícil, pero conozco una casa de comidas regentada por un italiano, que últimamente está teniendo mucho éxito. Sirven un plato típico de su país al que llaman *pizza*.

—No sé qué será, pero suena fatal —gruñó Libuerque.

—No es lo que te imaginas, malpensado. Es una masa de pan muy fina sobre la que se reparten diversos ingredientes, tomate y queso. Y, luego, se hornea durante unos minutos. A los jóvenes les encanta.

—Podemos probar —sugirió Macallan—. Los italianos tienen una comida variada y sabrosa, al contrario que los malditos irlandeses. Si no nos gusta eso de la *pizza*, habrá otras cosas para comer, imagino. ¿Queda muy lejos de aquí ese local?

—Se llama La pizza de Alfredo. Desde aquí, está a menos de diez minutos andando.

—¿Diez minutos andando... a tu paso o al nuestro?

—Déjame en paz, Caballo Loco.

* * *

La pizza de Alfredo resultó ser un lugar agradable y acogedor. Macallan le dio su aprobación de inmediato y los tres hombres y el muchacho se sentaron en torno a una mesa cubierta con un mantel de cuadros blancos y rojos.

Finalmente, solo Frank y Russell pidieron *pizza*. Macallan y Libuerque prefirieron una sopa espesa de verduras a la que el dueño del establecimiento llamó *minestrone* y un plato de pasta con salsa.

El propietario del local era un italiano de Nápoles llamado Alfredo Bonino, un tipo simpático a más no poder. Su mujer atendía la cocina y su hija adolescente le ayudaba a servir las mesas.

Cuando la chica se acercó a su mesa, el joven Macallan pareció entrar en crisis. Al colocarle la *pizza* sobre la mesa, le rozó el brazo y él pareció tocado por la varita mágica del hada madrina de Blancanieves.

En cuanto la muchacha se alejó, Frank se giró hacia su tío y le habló en un apasionado susurro.

–Jamás había visto una chica tan bonita –confesó–. Jamás en mi vida. Estoy seguro de que en todo Des Moines no hay ninguna como ella.

Macallan, que apenas le había prestado atención, se volvió hacia la muchacha, la examinó en la distancia y asintió, con un gesto de aprobación.

–Ciertamente, sobrino. Hay que reconocer que las mujeres italianas, en general, poseen algo que las hace especiales. Y me alegra comprobar que, en ese aspecto, posees el buen gusto que siempre ha identificado a los hombres de nuestra familia.

–A por ella, chico –susurró Russell.

–¿Qué?

–Tienes razón: es una verdadera preciosidad –confirmó el enano–. Si yo estuviese en tu lugar, intentaría enamorarla.

Frank Macallan resopló.

–No sé... Quizá otro día...

–¿Otro día? Mal. Muy mal. Suponiendo que aún no tenga novio, una chica como ella no durará mucho tiempo sola. Deberías intentarlo hoy mismo. Ahora mismo, antes de que alguien se te adelante.

–Haz caso de Stuart –le aconsejó Libuerque–. Aunque no lo parezca, sabe de mujeres más que nadie en esta mesa, incluido tu tío.

–No me agobiéis, por favor –les pidió el chico, mientras su tío sonreía–. Además, seguro que no me hace ni caso.

–Me apuesto dieciséis dólares con cincuenta centavos a que ella te concede una cita si se la pides –afirmó Russell–. He visto cómo te miraba y está deseando decirte que sí.

–¿Tú crees?

–¡Pues claro! Mira, yo de hombres entiendo poco, pero estoy casi seguro de que eres un chico muy guapo, los dos tenéis más o menos la misma edad y has aparecido aquí acompañado de tres señores la mar de respetables; así que lo más probable es que ella te considere alguien muy interesante. Un buen partido, ya me entiendes. ¿A ti te gusta esa chica?

–¡Me encanta! Estoy... deslumbrado desde que la he visto.

–Pues piensa que quizá a ella le ocurra lo mismo contigo.

Frank bajó la vista y sacudió la cabeza.

–Eso no pasa nunca, Stuart. A la chica que nos gusta siempre le gusta otro.

Russell rio con ganas.

–Casi siempre es así, pero no siempre, hombre. A veces, resulta que ese otro que le gusta... eres tú.

Tras dar los cuatro buena cuenta de sus respectivos platos, la hija del dueño se les acercó de nuevo.

–¿Qué les ha parecido la *pizza*? –preguntó, mientras les retiraba los platos.

–Excelente –respondió Russell, al tiempo que le propinaba un puntapié en la rodilla a Frank por debajo de la mesa. El chico dio un respingo y miró a la italiana.

–Eeeh... Estooo... Oye, ¿cómo te llamas?

La chica se volvió sonriendo hacia el joven Macallan. Tenía unos ojos tan hermosos que mirarlos de cerca podía provocar ataques de asma. Y los dientes más blancos y perfectos del estado de Missouri.

–Me llamo Nidia. ¿Y tú?

–Nidia –repitió Frank con embeleso.

–¿Tú también? ¡Qué casualidad!

–¿Eh? ¡No! No, no. Yo me llamo Franklin, aunque me dicen Frank. ¡Ah! Y la *pizza* estaba sensacional.

–Me alegro. Espero que vuelvas por aquí.

–Sí, claro que sí. Oye, eeeh..., ¿llevas mucho tiempo en la ciudad?

–Casi seis años. Vine desde Italia con mi familia cuando tenía nueve.

–Así que... la conocerás bien.

–Bastante bien, sí.

—Yo, en cambio, acabo de llegar. No conozco nada de esto y... y me preguntaba si... si acaso tú..., bueno..., si quizá... podrías enseñarme lo más importante. Lo que a ti más te guste de Kansas City.

Nidia miró a Frank sin dejar de sonreír.

—No dispongo de mucho tiempo libre, porque tengo que ayudar a mis padres aquí, pero... sí, supongo que podría sacar un par de horas para enseñarle la ciudad a un recién llegado como tú.

—Eso sería... estupendo.

Cuando la chica se retiró con los platos, camino de la cocina, el enano palmeó el hombro del chico.

—¡Eres un maestro, muchacho! ¡Quién lo iba a decir! Esos estudiados titubeos..., ese rubor en las mejillas, esa carita de memo... ¡Fantástico!

—No era comedia, Stu. Estaba tan nervioso que me temblaban hasta las pupilas.

—Ya... Bueno, sea como sea, ha estado bien jugado. Digan lo que digan, a las mujeres les encantan los hombres tiernos. Despierta su instinto maternal. ¡La tienes en el bote, chaval! Por cierto, me debes dieciséis dólares con cincuenta.

Pero Frank Macallan ya no escuchaba las últimas palabras de Stuart. Permanecía con la mirada perdida y la boca entreabierta. Como un idiota enamorado.

BELCREDI

Poco después, mientras paladeaban a modo de postre una tarta tan dulce como una canción de amor italiana, la atención de Macallan se desvió hacia un sujeto joven que acababa de entrar en el local. Era ya tarde para que alguien pretendiese cenar y todo en él le pareció sospechoso desde el primer momento. No tenía aspecto de *cowboy* ni de jugador ni de pistolero, que eran las tres especies de ser humano que más abundaban en Kansas City. Aquel tipo parecía un extraño señorito. Vestía un traje a cuadros deliberadamente estrecho, zapatos brillantes de dos colores y sombrero bombín, que lucía algo ladeado. Y, lo más curioso, iba acompañado de dos hombres: joven uno de ellos, de su misma edad, con el pelo decolorado por algún producto cosmético; el otro, bastante mayor y de tez renegrida. Ambos permanecieron cerca de la puerta. Su función de guardaespaldas no podía quedar más patente.

Stuart, Libuerque y Macallan intercambiaron rápidas miradas de alerta mientras Frank terminaba de comer su tarta, ajeno a todo.

El tipo del bombín se dirigió directamente hacia la puerta de la cocina, por la que salió a su encuentro el dueño del establecimiento. El recién llegado lo interpeló en italiano, a grito pelado y en un tono que no dejaba duda alguna sobre lo amenazante de sus palabras.

Tras un intercambio de frases, el joven del traje a cuadros pasó a la acción. Agarró a Bonino por las solapas y lo zarandeó sin ninguna consideración. Luego, fue hacia el mueble vajillero que separaba la cocina de la zona de comedor y abrió varios cajones hasta dar con el que guardaba la recaudación. Tomó todos los billetes que contenía, se los echó al bolsillo y, finalmente, de un manotazo, tiró al suelo media docena de copas de cristal, que se hicieron añicos con un redoble agudo y cantarín.

Macallan no movió un músculo. Pero cuando el joven se dirigía con aire satisfecho hacia la salida, llamó su atención con un chistido.

—¡Eh, mozo...! Tráeme café, anda. Solo y sin azúcar.

El italiano se detuvo en seco. Macallan ni siquiera lo miraba.

—Se confunde, abuelo —dijo, en un inglés correcto pero con un fuerte acento—. No soy un camarero.

—Eres tú quien se confunde —replicó Macallan de inmediato—. Yo no soy abuelo de nadie. Y como te he visto romper la vajilla, que es lo que hacen los camareros torpes, estoy convencido de que eso es lo que eres. Va, tráeme café y no me hagas perder la paciencia.

El joven sonrió para sus adentros, guiñó un ojo a sus acompañantes y se acercó a Macallan con pasos lentos y amplios, como de bailarín de valses.

—¿Estás borracho acaso, viejo? —preguntó, mientras se aproximaba—. Eso es un mal ejemplo para el chico que te acompaña.

—Al contrario, estoy completamente sobrio. Una suerte para ti. Si yo hubiera bebido más de la cuenta, tú ya estarías muerto.

El joven no llevaba revólver, eso Macallan lo tenía claro. Un traje tan ajustado como el que usaba aquel mozalbete ni siquiera podía ocultar una pistola Derringer de un solo tiro. Pero, con un gesto rápido, el italiano sacó de la trasera del cinturón un estilete largo, fino y afilado, muy parecido a los que Libuerque utilizaba. Apoyó la punta de la daga en la mejilla de Macallan, justo bajo su ojo derecho.

–Mira, abuelo...

–No me llames abuelo –le cortó Macallan–. Te he dicho que no lo soy. Aunque lo tuyo es peor: estás a punto de no poder ser padre jamás.

Macallan había desenfundado el Starr y apoyaba el extremo del cañón en la bragueta del joven italiano, que palideció al instante mientras daba un paso atrás.

–Acabas de cometer el peor error de tu vida –afirmó el italiano suavemente, con aplomo, convencido de que sus hombres le volarían de inmediato la cabeza a aquel estúpido entrometido. Pero, ante su asombro, sus dos guardaespaldas permanecieron inmóviles como estatuas de sal–. ¿A qué esperáis? –les gritó, desconcertado.

Solo entonces se percató de que uno de ellos, el de más edad, tenía un cordel muy fino rodeándole el cuello, hundiéndose en su piel; un cordel cuyos extremos sujetaba Libuerque, que había surgido detrás de él como de la nada. El otro, por su parte, mantenía las manos separadas del cuerpo, lejos de los dos revólveres que llevaba al cinto. Russell no poseía la habilidad del indio para camuflarse, pero sí sabía aprovecharse de su escasa estatura para pasar desapercibido y, de este modo, había metido el cañón de su Colt entre las nalgas del pistolero, que rompió a sudar como un galeote.

–Me ha dado la impresión de que te has llevado un dinero que no te pertenecía –le dijo entonces Macallan–. Creo que harías bien en devolverlo.

El joven italiano miró al antiguo oficial sudista con aire perplejo. Estaba a punto de obedecer cuando intervino el señor Bonino, más blanco que el óxido de bario y agitando nerviosamente las manos.

–Ah, no, no, amigo... Le agradezco su ayuda, pero... creo que ha sufrido un *malinteso*. Malentendido. Aquí el joven Belcredi *non* ha robado *niente*. Simplemente, ha venido a cobrar un *debito*. Una deuda que yo tenía con su padre. *Capisci? Questo è tutto*. Es todo. Lamento que usted haya pensado lo que no era.

Macallan sabía que mentía. Pero el estado de nervios del señor Bonino era tan evidente que enseguida sospechó que algo extraño se escondía tras su actitud y quizá fuera mejor seguirle la corriente. Así que alzó el arma, la hizo girar una vez con el dedo en el guardamonte y enfundó.

–Cuánto lo siento –murmuró en un tono que indicaba todo lo contrario–. En ese caso, *andare con Dio, ragazzo*.

El joven apretó los dientes y se encaminó hacia la salida. Su acompañante más joven siguió sus pasos tras recibir una advertencia de Russell.

–No te vuelvas o eres hombre muerto.

Libuerque liberó al otro del cordel con el que amenazaba degollarlo. El hombre se separó dos pasos y luego se volvió hacia el indio con la mano extendida.

–Devuélveme mi arma.

El comanche sonrió y le lanzó por el aire el Colt Navy del que le había despojado. El hombre lo atrapó en el aire. Y entonces, en un movimiento rapidísimo, el italiano giró el arma hacia Libuerque mientras la amartillaba, le apuntó entre los ojos y apretó el gatillo.

Macallan sintió que se le paraba el pulso.

Russell estuvo a punto de gritar.

Libuerque ni siquiera parpadeó.

Sin embargo, cuando todos esperaban el estampido que anuncia la muerte, el percutor golpeó en el vacío. El italiano, desconcertado, volvió a intentar el disparo otras dos veces, con el mismo nulo resultado.

Fue entonces cuando se percató de que el indio le mostraba en la palma de la mano las seis balas que, de manera increíblemente hábil y sigilosa, acababa de extraer del tambor del revólver.

Un instante después, Libuerque se abalanzaba sobre el tipo para propinarle no uno ni dos sino hasta tres puñetazos en la mandíbula que dieron con su adversario en el suelo. Remató la faena con una patada en las costillas del italiano.

Un insulto en lengua comanche que podía traducirse por «miserable» puso la guinda al incidente.

Poco después, mientras el rubio de bote ayudaba a su maltrecho compañero a abandonar el local, el joven Belcredi se giró, desafiante, hacia Macallan.

–Voy a averiguar quién es usted, abuelo. Y cuando lo haga, puede darse por muerto.

–No malgastes tu tiempo en pesquisas, muchacho. Me llamo Macallan. George Macallan. Toma nota.

–Macallan, ¿eh?

–Eso es. ¿Qué vas a hacer, ahora que ya me conoces?

El joven italiano le apuntó con el dedo.

–Creo que encargaré una bonita lápida con su nombre a mi tío Luciano, que es marmolista. Y a usted, le daré un consejo: puesto que no tiene nietos, vaya contratando a alguien para que lloriquee y rece ante su tumba.

Macallan rio.

–Es curioso: había pensado pedírtelo precisamente a ti, pero ahora veo que te será imposible, porque estoy seguro de que morirás antes que yo. De un balazo en los dientes, que es como mueren los bocazas.

–Ay del muerto que no tiene quien le llore, decía el poeta Petrarca.

–Ay del que cita a Petrarca sin haberle leído, dice el poeta Macallan.

El muchacho estuvo a punto de replicar, pero, en el último segundo, prefirió no hacerlo y salió dando un portazo. Macallan no pudo evitar sonreír. El joven era un fatuo, pero parecía instruido, mostraba soltura al hablar y una conversación ingeniosa.

Al momento, Bonino se acercó a la mesa de Macallan.

–Se lo agradezco mucho, pero no tenía que haber intervenido.

–¿Quién demonios era ese fantoche? –preguntó Macallan.

–Se trata de Franco Belcredi, el hijo de don Carlo.

–¿Y ese quién es?

–Es el patriarca de la *famiglia* –respondió Russell, tras hacer un gesto de disgusto–. Los italianos han creado una especie de sociedad de delincuentes honorables. La *famiglia*, la llaman. Cuidan de los suyos a cambio de dinero. Se hacen favores entre ellos. Obtienen comisiones del juego y las prostitutas en ciertos locales. Y acaban sin piedad con quienes se interponen en sus planes.

–Son sicilianos, no italianos. No somos exactamente lo mismo –aclaró Bonino.

–¿Y el dinero que se ha llevado? –preguntó Macallan–. ¿De veras tenía usted una deuda con él?

–Claro que no. Era el pago a cambio de su protección para mi negocio.

–¿Protección frente a qué?

–En realidad, frente a ellos mismos. O pago o me ocurrirá algo malo. Quizás una mañana mi local aparecerá destrozado. O un par de tipos me darán una paliza. O se la darán a mi señora. Mientras les pague, todo irá bien.

–Eso se llama extorsión.

–*Certo*. Pero así son las cosas. Claro que, si no me gusta, tengo la opción de abandonar la ciudad.

–O de contratar a la agencia Pinkerton.

Bonino rio.

–¿Se refiere a ustedes? Sí, ya he visto que son unos tipos muy resueltos. ¿Cuánto cobran?

–Estamos de rebajas. Por un trabajo así, y por ser usted, cincuenta a la semana.

Bonino negó con la cabeza.

–Me sale más barato pagarle a la *famiglia*.

–Pero nosotros acabaríamos con su problema para siempre. Denos dos semanas. Invierta cien dólares. Yo creo que le será rentable.

El italiano había cogido una escoba y empezaba a barrer los restos de las copas rotas por su visitante.

–No insista, señor Macallan. Seguro que son ustedes muy duros. Puede que acabasen con el joven Franco. Tal vez hasta lograsen matar o hacer encarcelar al mismísimo

don Carlo. Pero no podrían con todos los Belcredi. Y aunque los Belcredi desaparecieran, otros ocuparían su puesto. Los Fanella, los Malatesta, los Terzi... Gracias por su
oferta, pero seguiré pagando a la *famiglia,* mientras pueda.
Si quieren ayudarme, vengan a comer aquí con frecuencia.

ENTRENAMIENTO

A la mañana siguiente, trazaron planes.

Macallan negoció con el señor Foster que Rosabelle dedicase parte de las mañanas a limpiar el piso de la agencia, hacer la compra y prepararles la comida. De este modo, ella ganaba más dinero empleando el mismo tiempo y los detectives podían despreocuparse de las tareas domésticas.

–Frank y yo pasaremos la mañana fuera, resolviendo algunos asuntos –dijo Macallan, mientras desayunaban café con rebanadas de pan cubiertas de miel–. En cuanto a vosotros dos, deberíais iniciar la búsqueda de esos tres pistoleros que tan interesados parecían en mí.

–Si andan tras tu pista, lo más probable es que regresen por aquí más pronto que tarde –apuntó Libuerque.

–Claro. Podríamos esperar a que aparezcan y, entonces, preguntarles si vienen a jugar al póquer o a llenarnos el corazón de plomo. Prefiero tomarles la delantera, si puedo.

–Como pediste, ya he confeccionado una lista de todas las casas de hospedaje de la ciudad –dijo Russell–. Espero no haber olvidado ninguna. Y son muchas. Tenemos que establecer algún criterio de búsqueda o nos pasaremos semanas para visitarlas todas.

–Por el aspecto que Stuart les adjudicó, podrían ser pistoleros a sueldo o algún tipo de agentes de la ley. No irán a pensiones de mala muerte. Deberíamos empezar a buscar por los mejores hoteles –propuso el comanche.

–A no ser que sean tan listos que decidan alojarse donde menos lo esperamos –propuso el enano–. O sea, en una pensión de mala muerte.

Macallan y Libuerque se miraron y asintieron. Russell podía tener razón. Entonces habló Frank, mirando a Stuart.

–También podrían ser tan tan listos que hayan decidido hacer lo contrario de lo que suponemos. En tal caso, se alojarán en un buen hotel.

Macallan rio.

–¡Me gusta este chico! –exclamó–. Piensa mucho.

–A mí, no –dijo Russell–. Piensa demasiado.

–Resumiendo: si esos tres tipos son tontos o muy listos, estarán en un buen hotel. Si solo son medianamente listos, se alojarán en un mal tugurio. Me inclino por lo primero. Empezad la búsqueda por los mejores hoteles de la ciudad.

–A la orden, jefe.

100 EL CIRCO DE LA VIDA

Salieron Libuerque y Stuart camino del Claridge, el mejor

hotel de la ciudad. No estaba en el centro sino en el entorno de la estación del ferrocarril, por donde se movían la mayoría de los forasteros relacionados con el negocio del ganado.

Cuando enfilaban la avenida Gardner, rodeados por el bullicio de la gente, el enano se fijó en tres jóvenes vaqueros que los seguían con la mirada desde los escalones de un *saloon*.

–¿Te has fijado en esos tres? –le preguntó a Libuerque.

–Sí.

–¿Sabes cómo se llaman?

–No.

–El de la izquierda, Problemas. El de la derecha, Problemas y el grandote del centro, Problemas.

–Ya. Los hermanos Problemas, ¿eh?

En efecto, cuando llegaron a su altura, los tres *cowboys* los señalaron entre risas.

–¡Eh, parejita! –gritó uno de ellos–. ¿A dónde vais con tanta prisa? ¿Tenéis habitación reservada en alguna casa de citas?

–No les hagas caso –murmuró Russell.

–Lo intentaré –aseguró el indio.

Pero no les fue posible pasar de largo. Cuando parecía que lo habían logrado, un lazo de cuerda como los que se usaban para atrapar a las reses voló por los aires y sujetó por sorpresa a Russell, que se vio arrastrado hasta los tres vaqueros como una hoja seca empujada por el viento. El tipo que tiraba del lazo era enorme. Medía más de siete pies de estatura y daba la sensación de ser incluso más ancho que alto. Uno de esos vaqueros de cabeza hueca pero capaz de derribar por sí solo becerros de doscientos kilos. Cuando tuvo al enano a su alcance, lo rodeó con rapidez con tres vueltas de cuerda y, luego, lo levantó en vilo con toda facilidad, alzándolo por encima de su cabeza.

Sus dos compañeros se alejaron unos pasos de él, riendo a carcajadas.

–¡Lánzalo, Sam! ¡Lánzalo! –gritaban, muertos de risa.

El gigante tomó impulso y arrojó a Stuart por el aire para que los otros lo atraparan en su caída. Lo lograron solo a medias y los tres rodaron por el suelo, entre gritos y nuevas risotadas.

Cuando los vaqueros se incorporaron, Libuerque estaba junto a ellos. Con uno de sus estiletes, cortó de un tajo la cuerda que inmovilizaba a Russell. Mientras el enano se liberaba de la soga, el indio le quitó el revólver del cinto y efectuó un disparo con el que hizo volar de su cabeza el sombrero de Sam, que palideció intensamente.

–La próxima bala irá un palmo más abajo –anunció el comanche.

Otro de los jóvenes hizo ademán de desenfundar. Libuerque se volvió y disparó a corta distancia sobre la cartuchera, inutilizando el Colt del vaquero e hiriéndole levemente la mano. Acto seguido, le lanzó el revólver a Stuart, que ya se había librado del lazo.

En ese gesto del indio, vio el gigante Sam una nueva oportunidad. Con una rapidez difícil de imaginar en alguien de su tamaño, echó a correr hacia él, dispuesto a arrollarle. Libuerque, como siempre, hizo lo inesperado:

echó a correr también, directo hacia su atacante. Después de dos pasos, ejecutó una voltereta circense para, de inmediato, rodar por el suelo hecho un ovillo hasta pasar bajo las piernas del vaquero, se alzó con rapidez y le cortó de un tajo de cuchillo los tirantes, al tiempo que le bajaba los pantalones de un tirón hasta las rodillas. El enorme *cowboy*, exhibiendo sus calzoncillos de lunares, trastabilló con sus propios pantalones y cayó de bruces al suelo cuan largo era.

Cuando logró saber qué había pasado exactamente, el comanche le apoyaba el cañón de su propio revólver en la frente.

—Pum —dijo el indio, siniestramente.

Sam alzó las manos abiertas. Temblaba.

—Era... era solo un juego, por Dios —murmuró, más muerto que vivo.

—¿Sí? Entonces, la próxima vez llama a tu hermana. Me gustaría también jugar con ella.

—Lo... lo haré.

Libuerque arrojó lejos el revólver mientras Russell recuperaba del suelo su sombrero. Cuando ambos reemprendieron su camino, algunos de los ciudadanos que habían asistido a la escena prorrumpieron en aplausos.

—¿Sabes? Me habría gustado verte actuar en ese circo en el que trabajabas —dijo Stuart.

—Esto es más divertido —replicó el comanche.

—Y... gracias, amigo.

—No las merece. Si no fueras a mi lado, no se habrían metido contigo.

—Eso es verdad.

TIRO AL BLANCO

Macallan y Macallan, por su parte, bajaron primero al almacén de Foster y compraron diversos artículos, desde útiles de escritura, papel y un libro de contabilidad, hasta menaje de cocina. Más tarde, acudieron a un establo situado a dos manzanas de la oficina, donde era posible alquilar caballos y carruajes de diversos tipos por días, semanas o meses, lo que evitaba la necesidad de comprarlos y mantenerlos.

–Nuevos negocios para nuevos tiempos –comentó Macallan.

Tío y sobrino alquilaron un cabriolé tirado por un caballo tordo y se dirigieron con él hacia las afueras al norte de la ciudad, hasta dejar atrás las últimas edificaciones y encontrar así campo abierto y ausencia de testigos.

Una vez allí, ataron el caballo a un árbol y buscaron el lugar apropiado a sus propósitos. Macallan se había llevado de Foster's una docena de botellas de cristal de diversas formas y colores. Las colocó en fila sobre un talud del que se alejaron veinte pasos y le entregó a Frank su revólver Starr.

–¡Uf! ¡Cómo pesa! –exclamó el chico.

–Es de doble acción. Seguramente, nunca has manejado un arma como esta. Son caras y poco comunes.

–En realidad... nunca he disparado un revólver, tío George.

Macallan miró a su sobrino con sorpresa.

–¿No? Vaya... Entonces, empezaremos por lo básico: la mayoría de los revólveres son de acción simple y, para disparar, hay que levantar el percutor con el pulgar antes de apretar el gatillo. Pero en este, no es necesario. El movimiento del gatillo alza el percutor y, al final del recorrido, se produce el disparo. Es menos preciso, pero más rápido cuando quieres disparar varias veces seguidas. Y si necesitas hacer un disparo de precisión, se puede amartillar antes, igual que los de acción simple. Lo vamos a hacer así. Levanta el percutor.

–¿Qué es el percutor?

Macallan suspiró.

–Esa pieza trasera, la que tiene forma de martillo. Y las balas salen por este agujero.

–Sí, eso ya lo sabía.

–Menos mal. Amartilla el revólver.

–Bien... ¿Así?

–Cooorrecto. Ahora, apunta y dispara. Alinea el punto de mira con el alza y con tu objetivo.

Frank alzó el arma, apuntó durante un tiempo larguísimo y, finalmente, apretó el gatillo. Al disparar, el revólver le saltó de la mano. Su tío lo cazó al vuelo.

–Debes sujetarlo con más firmeza.

–Es que me he asustado.

–Ay, madre... ¿A dónde apuntabas?

–A la primera botella de la izquierda.

–Pues, chico, quizás hayas matado una vaca en la estación del tren, pero a la botella ni te has acercado. Prueba otra vez. Y ahora, no apuntes tanto rato. Fíate de tu intuición.

Uno tras otro, Frank disparó los cinco cartuchos que quedaban en el tambor. Tres de ellos se perdieron en el aire. El más preciso levantó una nube de polvo a unas cinco yardas del blanco.

—No ha estado mal —valoró su tío caritativamente, mientras recargaba el arma—. Vamos a acercarnos a solo diez pasos.

Pese a reducir la distancia a la mitad, los siguientes seis disparos de Frank obtuvieron un resultado similar.

—¿Y si nos acercamos a cinco pasos?

—Sí, claro —aceptó Macallan, resignado.

Por fin, tras varios disparos efectuados a cortísima distancia, Frank hizo saltar por los aires una de las botellas.

—¡Eh! —exclamó Macallan, alborozado—. ¡Tu primera diana! ¡Enhorabuena!

Frank sonrió con tristeza.

—Me parece que esto no es lo mío.

—¡No digas bobadas! Yo, a tu edad, disparaba peor que tú —mintió su tío—. Seguiremos entrenando, no te preocupes. Harás progresos enseguida.

Se alejaron, en busca del carruaje.

Cuando se hallaban a treinta pasos de distancia, Macallan se giró, desenfundó y efectuó cuatro disparos. Todo ello no le llevó más de tres segundos. Tras ese brevísimo lapso, cuatro de las botellas habían pasado a mejor vida.

—Aprenderás a hacer esto, ya lo verás —le prometió a su sobrino.

—¿Cómo lo consigues? —preguntó Frank.

—No lo sé —reconoció Macallan—. Disparo sin pensar. Es algo intuitivo. Mira, no consiste en apuntar, porque en eso se pierde mucho tiempo. Así que tomas el arma y la diriges hacia el objetivo. Moviéndola ligeramente, siempre habrá un instante en que, si la disparas, harás blanco. Consiste en apretar el gatillo en ese justo momento. Ni antes ni después. Cuestión de práctica. Aprenderás, te lo prometo.

–Pero nos va a salir muy caro –consideró Frank–. ¿Cuánto vale cada bala?

Macallan sonrió.

–Todo el mundo lo sabe: una bala, una vida.

–Me refiero al dinero. ¿Cuánto cuesta cada disparo?

–¡Y yo qué sé! Tú eres el contable, ¿no?

Frankie apretó las mandíbulas. De pronto, extendió la mano ante su tío y este le entregó de nuevo su revólver. Sin pensárselo, el joven Macallan se volvió hacia las botellas, extendió el brazo y apretó dos veces el gatillo.

No rompió ninguna, pero los dos disparos levantaron sendas nubes de polvo apenas a un palmo de su objetivo.

–¿Lo ves? Eso ha estado mucho mejor, Frankie. Ese es el camino.

–¿Cuánto tardaré en aprender a disparar como tú?

Macallan rio afectadamente mientras pensaba una respuesta amable.

–Verás, Frank: no hace falta que aprendas a disparar como yo. Solo hace falta que aprendas a disparar mejor que los tipos que intenten matarte.

–Ah. Entiendo.

Cuando regresaban en el cabriolé hacia la oficina, pasaron cerca de una de las muchas armerías de la ciudad.

–Dijiste que me comprarías un revólver.

Macallan, que llevaba las riendas, siguió mirando al frente.

–He pensado que... no. Todavía no. Creo que es más seguro para ti.

–¿Más seguro? ¿Por qué?

–En primer lugar, evitamos que te puedas disparar en un pie accidentalmente. Por otro lado, hay una parte de la población que jamás dispararía a un hombre desarmado. Dado que no eres enemigo para ningún posible adversario, ir desarmado reduce tus posibilidades de morir. De momento, seguirás entrenando con mi Starr. Cuando piense que es mejor que vayas armado, te compraré un buen revólver, no te preocupes.

Unos minutos más tarde, transitaban por las proximidades de la pizzería del señor Bonino.

–¿Puedes pasarte un rato sin mí, tío? –preguntó Frank, apeándose en marcha del cabriolé.

Macallan sonrió.

–Lo intentaré, sobrino.

–Nos vemos a la hora de comer, entonces.

–Bien. Dale recuerdos a la *ragazza*.

OLIPHANT

Mientras los Macallan malgastaban munición, Russell y Libuerque entraban en el hotel Oliphant, el quinto establecimiento de sus características que visitaban esa mañana. Las visitas habían sido cortas porque en todos los casos Stuart conocía a alguien del servicio a quien habían podido interrogar, recabando así información sobre sus huéspedes. Pero, hasta ahora, sin resultado.

Aquí, el chiquitín carecía de un contacto de confianza por lo que optaron por tomar asiento en el bar situado en la planta baja del hotel y observar por sí mismos al personal mientras tomaban una copa.

–Un *whisky* doble.

–Para mí, una zarzaparrilla.

Russell miró a su compañero con curiosidad.

–¿No bebes alcohol, Libu?

–Poco. Y no me llames Libu, ¿quieres?

–¿Puedo llamarte Gerónimo? Es mi indio favorito.

–Muérete, a ver si creces.

Bebieron y esperaron durante casi media hora, sin dejar de observar a los diversos clientes que subían y bajaban de las habitaciones. Empezaban ya a contemplar la posibilidad de cambiar de escenario cuando el indio llamó la atención de Russell con un discreto codazo.

–Mira a esos tres que bajan por la escalera.

Eran tres tipos altos, que respondían a la descripción que el día anterior había hecho el enano de los sujetos a los que intentaban localizar.

Stuart clavó la vista en ellos. Los observó durante un rato largo. Meneó la cabeza.

–No son ellos –dijo al fin.

–¿Cómo que no? ¿Estás seguro?

–Por supuesto que lo estoy.

–Pero son tres. Y tienen el aspecto que tú dijiste: uno con bigote de guías y los otros, lampiños.

–Ya. Pero no son los mismos tipos. Se trata de una coincidencia.

–Me parece mucha casualidad. Y te están mirando. El del bigote creo que te sonríe.

—¡Vamos, Libuerque! Soy un enano bebiendo *whisky*. Todo el mundo me mira y se sonríe.

HORA DE LA SIESTA

Ese día, los Macallan, Libuerque y Russell hicieron su primera comida casera. Rosabelle les cocinó un potaje y unas piezas de carne de tamaño mucho más razonable que las del Morrison's.

De postre, devoraron entre los cuatro una tarta de manzana del tamaño del sombrero de un *marshall*, que mereció elogios unánimes.

Prolongaron la sobremesa tomando café y licor de ciruelas y contando historias del pasado de cada cual. Macallan contó una historia de la guerra; Libuerque narró una leyenda sobre los dioses de su tribu; Russell contó unos cuantos chistes, a cual más obsceno, que hicieron sonrojarse a Frankie; hasta el joven Macallan contó historias de sus años como escolar, sobre sus estrafalarios profesores de Iowa, que merecieron el interés y las risas de los demás.

Por fin, cuando la charla ya no dio más de sí, el enano anunció que se retiraba a su cuarto dispuesto a dormir la siesta, una costumbre que había aprendido de los muchos mexicanos que ahora vivían en Kansas. Y Frankie Macallan, tras consultar la hora, se despidió de su tío y del comanche.

—He quedado con la hija del señor Bonino. Me va a mostrar la ciudad. Estaré de vuelta sobre las siete.

—Vaya... ¿No vas muy deprisa con esa belleza italiana?

–No lo sé, tío George. Nunca me había enamorado hasta ahora. No sé cuál es la velocidad a la que hay que actuar. Pero aquí, en Kansas, parece que nada pueda esperar. Es como un mundo de locos, comparada con Des Moines.

–En eso llevas razón. Pasadlo bien.

Mientras el chico salía, apareció Rosabelle. Retiró los últimos vasos y platos.

–Voy a lavar la vajilla y, después, fregaré la cocina. Al terminar, si no desean nada más, bajaré a la tienda. El señor Foster se queja de que paso aquí demasiado tiempo.

–Claro, Rosabelle. Haga usted lo que considere oportuno. Y gracias por la comida. Todo estaba exquisito.

–Por cierto, señor Macallan: esta mañana un empleado de la Wells Fargo ha traído un sobre para usted. Venía a su propio nombre, no al de la agencia, así que se lo he dejado sobre su cama.

Cuando Rosabelle hubo regresado a la cocina, Libuerque se sentó junto a Macallan y le habló bajo.

–No me gusta Russell –declaró sin preámbulo alguno.

–A mí tampoco. Personalmente, prefiero a Eleanor Daltrey.

–No me refiero a eso, jefe.

–Ya lo sé, hombre. Era una broma. ¿Qué pasa con el enano? ¿Aún piensas que nos traerá mala suerte?

–No, jefe, no es eso solamente. Es que... no me fío de él.

DESLUMBRANTE

Al salir de la agencia Pinkerton, Frankie se dirigió a la calle Jackson, donde se ubicaba el restaurante italiano de la familia Bonino. Tuvo que dar un rodeo para esquivar un tiroteo entre un grupo de vaqueros y dos de los hombres del *sheriff*, pero, aun así, llegó en apenas diez minutos.

Nidia ya le estaba esperando. Se había despojado del uniforme que su padre la obligaba a llevar mientras servía las mesas y sonreía bajo las costuras de un vestido de cuadros blancos y grises, con falda de vuelo, justo por debajo de la rodilla. Era un vestido sencillo pero favorecedor.

Cuando Frank dobló la última esquina y la vio de frente, bajo el porche de la pizzería, se detuvo un momento, con el corazón cabalgándole en el pecho al trote gorrinero. Se preguntó si alguna vez había visto una chica tan hermosa como ella y se respondió que no, nunca, jamás, ni en fotografía. Mucho menos, al natural. Muchísimo menos, esperándole a él, sonriéndole a él. Se sintió el ser vivo más dichoso de la tierra, incluidos plantas, animales e insectos. Excluidos, quizá, los equinodermos.

Cuando llegó junto a la chica, tomó su mano izquierda entre las suyas. Dudó si podía ir más allá y besarla en la mejilla, pero decidió que no, que sería un atrevimiento exagerado.

–Hola, Nidia. Estás... deslumbrante.

Ella simuló turbarse.

–Gracias. Oye, ¿de dónde sacas esas palabras tan raras?

–¿Cuáles?

–Utilizas muchas palabras extrañas. «Deslumbrante», por ejemplo. ¿Dónde las aprendes?

–¡Ah! Pues... en el diccionario.

–«Diccionario». Otra palabra rara.

–El diccionario es el libro donde figuran por orden todas las palabras, las corrientes y las raras. Lo que ocurre es que, en realidad, las palabras corrientes, las que la gente usa cada día, son muy pocas. La mayoría de las palabras existen para nada, porque nadie las utiliza. Y hay algunas muy hermosas, te lo aseguro. Si quieres, te traeré una palabra rara y hermosa cada día que nos veamos.

–Eso me gustaría mucho, sí.

–Hecho. ¿A dónde vas a llevarme?

–No tengo mucho tiempo antes de que empiece mi turno de la cena, así que... creo que voy a llevarte al parque de atracciones.

Frankie sonrió.

–¿Y eso qué es?

EL MAZO Y LA CAMPANA

Al llegar, Frankie no lo podía creer. El parque de atracciones era como un enorme cuarto de juguetes para chicos y grandes. Tiovivos, casetas de tiro, juegos de fuerza, una gran noria de madera y algo que llamaban El Túnel del Amor.

Paseando por allí, al joven Macallan le parecía estar viviendo un sueño. Un mundo de colores cuajado de cantos de sirena y melodías de carillón, tomado del brazo de la chica más bonita del lugar.

Deseó que su madre pudiese verlo desde el cielo o dondequiera que estuviese.

Probaron su puntería en una de las casetas de tiro. Frank empezó fallando estrepitosamente, pero luego, disparando por intuición, según el método de su tío, consiguió arreglar las cosas en cierta medida. Sin embargo,

Nidia lo superó en todo momento. No dejó bolita en su lugar ni títere con cabeza.

—Eres una tiradora fabulosa —admitió el chico, admirado, cuando el encargado de la caseta les entregó una botella de licor como premio.

—Aprendí a disparar de pequeña, en Nápoles, con uno de mis primos. Mis padres no lo saben. No se te ocurra chivarte, ¿eh?

Frank se fijó entonces en la enorme noria de madera, pintada de colores chillones.

—Desde ahí arriba se podrá ver toda la ciudad. ¿Vamos?

Nidia negó con la cabeza.

—Lo siento, no me atrevo. Se me encoge el estómago solo con pensarlo.

Frank sonrió y se alzó de hombros, sin insistir.

Pasaron después junto a una prueba de fuerza. Consistía en golpear con un mazo el extremo de una palanca y conseguir así elevar un disco de metal por una regla graduada de cinco metros de altura, rematada por una campana; y Frankie se detuvo ante ella. Nidia tiró de él.

—Vamos, no hace falta que intentes impresionarme. ¿O es que buscas revancha porque te he ganado en el tiro?

—No, no es eso. Tengo curiosidad.

—Aquí me ganarías, seguro. Yo no puedo ni levantar el mazo.

—Espera un poco. Quiero ver cómo funciona.

Un hombre de aspecto atlético pagó veinticinco centavos por intentarlo tres veces. Podía elegir entre tres mazos distintos y escogió el más ligero. Lo alzó sobre su cabeza y lo descargó con todas sus fuerzas sobre la palanca. El disco de metal alcanzó los cuatro metros de altura. Con su segundo intento, con un esfuerzo enorme, estuvo a punto de lograr la altura máxima.

–¡Huy! Casi, casi. Seguro que ahora lo consigue –vaticinó Nidia.

–Seguro que no –dijo Frank.

Y, en efecto, el tercer intento del hombre se saldó con una marca mucho peor.

–¿Cómo lo sabías?

–Con su segundo intento se había desfondado –determinó Frank, en voz baja–. En el tercero no tenía ninguna posibilidad.

Un segundo sujeto decidió intentarlo. Era un tipo fornido pero de corta estatura. Al quitarse la chaqueta se adivinaron unos bíceps contundentes.

–Un hombre muy fuerte –dijo Nidia–. Él sí lo conseguirá.

–No, no lo creo –predijo Frank–. Tiene los brazos muy cortos.

–¿Y eso qué importa?

–Claro que importa.

Pese a todos sus esfuerzos, el hombre no logró hacer sonar la campana en ninguno de sus tres intentos.

–Creo que voy a probar –dijo entonces Frank.

–No lo conseguirás –dijo Nidia, riendo.

–Tal vez sí. ¿Qué te apuestas?

Nidia meditó unos segundos, frunciendo los labios en un mohín encantador.

–Si logras hacer sonar la campana, subiré contigo a la noria –le propuso finalmente.

–De acuerdo.

El joven Macallan era alto pero más bien escuchimizado, por lo que su decisión de probar su fuerza provocó algunos comentarios jocosos entre los presentes.

Frank eligió el mazo más pesado y lo tomó con ambas manos por el extremo del mango. Lo sopesó. Comenzó por balancearlo unos instantes como un péndulo. Lo fue elevando. Y, de pronto, con un violento movimiento de caderas, le dio impulso hasta describir con él un círculo completo a toda velocidad y con los brazos muy extendidos, antes de golpear la base de la palanca.

El disco de metal ascendió hasta hacer sonar la campana y todos los que hasta ese momento se sonreían abrieron unos ojos como panderetas. Varios de ellos aplaudieron.

Cuando el dueño de la atracción le preguntó por el premio que deseaba, Frank eligió una muñeca de trapo, vestida como un *cowboy*.

–Aquí la tienes, chico –le dijo en voz baja al entregársela–. Te la has ganado. Has entendido que, en este juego, la habilidad es tan importante como la fuerza.

–En este juego y en todos los juegos –remató el joven.

Frank le ofreció la muñeca a Nidia, que lo esperaba sonriendo.

–Te la cambio por la botella de licor. Seguro que a mi tío y sus compañeros les hará mucha más ilusión.

–Claro.

–Se llama Justine –le aclaró Frank, al entregársela–. Y no hace falta que subamos en la noria, si no quieres.

–Ah, no, no: una apuesta es una apuesta. ¡Vamos allá!

LA NORIA

Vista desde abajo, la noria impresionaba. Medía más de veinte metros de diámetro, así que era más alta que cualquiera de los edificios de la ciudad.

Compraron los boletos y subieron en una de las barquillas, que eran rectangulares, con dos amplios asientos en los que Nidia y Frankie se sentaron frente a frente. La noria fue girando, deteniéndose de cuando en cuando para que los pasajeros pudiesen subir y bajar cómodamente.

Conforme ganaban altura, Nidia iba palideciendo.

–No mires hacia abajo –le recomendó Frank–. Mira a lo lejos. Disfruta de la vista. Es maravillosa.

La chica obedeció. Se obligó a mirar hacia el horizonte, que se curvaba en la distancia, abrazando el mundo. Respirando lentamente sintió que, poco a poco, se relajaba un tanto y comenzaba a divertirse.

El paisaje que se abría ante sus ojos parecía un cuadro pintado al pastel. Por su izquierda, el atardecer tiznaba de rojo la llanura que se extendía más allá de los límites de la ciudad. Mirando hacia su derecha, la polvareda que levantaban las miles de reses que esperaban ser embarcadas en aquellos trenes interminables enturbiaba los contornos de almacenes, campos y edificios, como si los contemplase a través de una tela de gasa. Y, de un lado al otro, el río Missouri se desperezaba en interminables meandros pardoazulados.

Una vez que, poquito a poco, la noria hubo completado su primera vuelta, comenzó a girar de forma continua. La velocidad produjo un agradable escalofrío en los chicos.

Cuando ascendían, a Nidia le costaba llenar los pulmones y, al bajar, sentía que el estómago pretendía salírsele por la boca y tenía que apretar los dientes para evitarlo. Frank, en cambio, estaba disfrutando de la experiencia, del paisaje y del movimiento, del cielo azul y de la inercia juguetona de la fuerza centrífuga.

Tras dos vueltas seguidas sin incidencias, al iniciarse la siguiente, sintieron que la noria reducía claramente su velocidad; y poco antes de que su canastilla alcanzara por cuarta vez el punto más alto de su recorrido, se detuvo de golpe.

Nidia gritó cuando la barquilla se balanceó a causa del frenazo y ella se vio lanzada fuera de su asiento para caer en brazos de Frank, que la sujetó de inmediato.

–¡Ya te tengo! ¡Calma!

–¡Dios mío! –gimió la chica–. ¿Qué ha pasado? ¡Podía haber caído al vacío!

El joven Macallan la abrazó con fuerza.

–No es nada, cálmate. Algún problema técnico, quizá. Pero mientras sigamos aquí dentro, no hay peligro alguno. Escucha: vamos a bajar del asiento al suelo, ¿de acuerdo? Estaremos más seguros.

–¡No me sueltes!

–Que no, que no, no te preocupes...: no te suelto.

Frank se deslizó fuera del banco hasta quedar sentado en el fondo de la barquilla. Nidia se abrazaba a su cuello con fuerza. Con mucha fuerza. La chica estaba aterrorizada.

–Me vas a ahogar. No me abraces tan fuerte. Suéltame un poco...

–¡Ni hablar! –gritó ella, apretando aún más.

–Vale, vale..., tranquila.

Él la abrazó por la cintura. La apretó contra sí también con fuerza, tratando de que se sintiese segura. Pese a lo tenso de la situación, le encantó tener a la chica entre sus brazos. Sentir su contacto y su respiración agitada; percibir el calor de su cuerpo y el aroma a espliego de su cabello. Además, se percató de que Nidia tenía una cintura estrechísima. Ese detalle le pareció fascinante. Poco a poco, conforme se calmaba, ella fue aflojando la presión.

–¿Te encuentras mejor?

–Creo... que sí. Pero no se te ocurra dejar de abrazarme.

–Ni por lo más remoto.

Desde la base de la noria, allá abajo, les llegaron voces que les pedían tranquilidad y les aseguraban que no había peligro y que el problema sería resuelto pronto.

–¿Lo ves? Justo lo que yo te decía.

–Si es que eres más listo... –ironizó ella, demostrando que recuperaba el control de sus nervios, tras el enorme susto.

Frank mantenía sus manos alrededor de la cintura de Nidia, sujetándola con fuerza mientras la barquilla seguía balanceándose y crujiendo, con un sonido grave e intermitente que no parecía presagiar nada bueno. Alzó entonces la vista y tropezó con la mirada de ella. Estaban tan cerca el uno del otro que podía contar una a una las motitas verdes que salpicaban sus abrumadores iris castaños. Y ella podía zambullirse en los remolinos celestes de los ojos de él.

Frank se sintió abrumado por esa proximidad; intimidado por la profundidad de las pupilas de Nidia, que eran dos abismos. En un movimiento reflejo se apartó de ella y eso reavivó el balanceo.

—Te he dicho que no me sueltes —le susurró la chica—. Y quédate quieto, por Dios. Si esto se mueve un poco más, creo que empezaré a gritar como una loca.

—No te preocupes. Aquí me quedo. Por mí, hasta que anochezca y vuelva a amanecer.

Lo decía completamente en serio. Sentía que podía estar allí, abrazado a Nidia, por tiempo indefinido.

Al poco, reunió valor suficiente para alzar la mirada sobre el borde superior de la canastilla y miró a su alrededor. No había nada más alto que ellos en toda la ciudad. Solo un poco más allá se balanceaba, ligeramente por debajo de su posición, la siguiente barquilla. Pero estaba vacía. Nadie podía verlos y se empezó a formar en su cabeza la idea de reunir el suficiente valor como para besar a Nidia.

Como si hubiese podido leerle el pensamiento, ella habló para decir lo último que él se podía imaginar.

—Oye, Frank..., ¿has besado a una chica alguna vez?

Frank Macallan se quedó sin respiración. Estuvo tentado de mentir, pero, en el último suspiro, decidió no hacerlo.

—La verdad es que no. Ahora que lo pienso..., tú podrías ser la primera. Mi primer beso. Ese que dicen que no se olvida jamás.

Nidia sonrió, por fin.

—Si no estuviésemos colgados del vacío a treinta metros del suelo, me lo podría pensar.

—Entiendo... ¿Y tú?

—Yo, ¿qué?

—Que si has besado a un chico alguna vez. Las italianas tenéis fama de... de ser muy rápidas. Quiero decir... de crecer deprisa.

—No, nunca he besado a un chico. Pero hace ya tiempo que una de mis amigas y yo lo estuvimos ensayando. Al principio, me producía unas cosquillas insufribles.

—Eso dicen, sí. Pero también creo que eso... desaparece con el tiempo.

—Sí.

CARTA DE CHICAGO

Sobre la cama de su habitación, como Rosabelle le había dicho, Macallan halló un sobre cuadrado de color marrón, con su nombre escrito y la dirección de la calle Holmes, pero sin remitente. La borrosa estampación de un sello de fechas de la Wells Fargo delataba que había sido depositado en su oficina de Chicago dos días atrás. Y franqueado como «urgente».

Tras abrir la solapa, Macallan extrajo del interior del sobre tres hojas de papel escritas a pluma, con una caligrafía apretada pero legible. Leyó el encabezado: «Querido Mac»; de inmediato, buscó la firma, al final de la última página. Reconoció enseguida la de Allan Pinkerton.

Antes de leer la misiva, ya le llamó la atención que la tinta presentaba diferentes tonalidades. También la letra sufría sutiles cambios, como si no hubiese sido escrita de forma continua, sino en distintos momentos y sobre diversas superficies. Y la fecha era de seis días atrás, es decir, justo una semana después de su entrevista en el carromato del circo.

Tras tomar nota mental de todos estos detalles, Macallan comenzó a leer su contenido.

Y la primera información que figuraba en la carta lo sumió en una angustiosa perplejidad.

Quizás cuando esta carta llegue a tus manos, yo ya esté rindiendo cuentas por mis pecados. O estaré a punto de hacerlo. Los médicos no me dan esperanza alguna. Las altas fiebres que me atacan desde hace cinco días puede que incluso me impidan terminar de escribir esta carta. Me habría gustado volver a verte una vez más y despedirme de ti como es debido, pero mucho me temo que eso ya no sea posible. Mi tiempo se agota, Mac.

La noticia de la inminente muerte de Pinkerton, relatada tan directamente por él mismo, conmocionó a Macallan. Leyó una y otra vez aquel párrafo antes de continuar, esperando haber entendido mal su significado, resistiéndose a creerlo.

Sintió una desazón terrible, como si al comer con ansia excesiva un trozo de carne seca se le hubiese atravesado en el esófago. Tuvo que ponerse en pie y pasear por el cuarto, arriba y abajo, obligándose a respirar profundamente, antes de poder continuar.

Y lo peor estaba por llegar, líneas más adelante.

Tu relato sobre la muerte de Alicia a manos de desconocidos atracadores me llenó de inquietud y me permitió atar cabos. Sumado al intento de asesinato que sufrí tras hablar contigo aquella noche y que, a la postre, va a acabar con mi vida, me ha permitido confirmar sospechas antiguas.

Aún me quedan algunos amigos en el entorno del servicio secreto. Gracias a esos contactos, ahora ya tengo la seguridad de que quienes mataron a tu mujer en Elkhorn no eran atracadores sino agentes del gobierno y, en realidad, iban a por ti.

Con la respiración agitada, Macallan tuvo que detener la lectura de nuevo. Lo que Pinkerton le estaba contando era algo que él había supuesto, pero para lo que nunca encontró pruebas. Un amargo sabor de hiel le ascendió hasta la garganta.

El ataque de Elkhorn les salió mal. Quizá por puro azar o porque eres mejor que ninguno de ellos, lograste acabar con los tres hombres que enviaron a matarte. A partir de ahí perdieron tu pista cuando, poco después, te uniste al circo. Una pista que recuperaron la noche que nos vimos en tu carromato. En cierta medida, me siento responsable de ello. Te encontraron por mi culpa. Sin saberlo, al dar contigo les hice el trabajo sucio. Ahora sé que me vigilaban desde hace dos años.

Macallan había empezado a sudar. Leía y releía cada párrafo, tratando de analizar y memorizar su contenido. A estas alturas, tenía ya la sensación de que nunca había estado tan asustado. Lo que el antiguo director del servicio secreto le estaba confesando adquiría visos de conspiración al más alto nivel.

Ahora sé que todos mis agentes dobles, los que recluté durante nuestra guerra civil, han muerto de forma violenta en los últimos dos años. Todos, menos tú. Accidentes, tiroteos casuales, reyertas o dudosos suicidios han acabado con ellos desde que el presidente Garfield fue asesinado y el vicepresidente Chester Arthur asumió el poder. Por razones que no acabo de entender, aunque sí puedo intuir, ciertos hombres poderosos parecen empeñados en borrar esa parte de la historia de nuestro país de manera drástica. Según he sabido, están encabezados por Ishmail Ferguson, actual subdirector del servicio secreto. El presidente Garfield le paró los pies y quizá esa fue una de las causas de su asesinato. Por el contrario, Chester Arthur dio vía libre a los planes de Ferguson en cuanto llegó a la presidencia.

Leyendo aquellas líneas, a Macallan le sudaban tanto las manos que debía secárselas de continuo en las perneras de los pantalones. Aquella carta podía hacer temblar los cimientos de la aún joven democracia americana. Crímenes de estado para ocultar una verdad que a alguien le parecía vergonzosa.

También yo debería estar muerto hace tiempo. Estoy seguro de que he seguido vivo solo porque tú lo estabas. Tú y yo tuvimos la suerte de que mataras a tus verdugos en Elkhorn y desaparecieras después. Ellos confiaban en localizarte a través de mí y por eso me dejaron vivir. Suponían que, tarde o temprano, tú me buscarías o yo a ti. Y así ha sido. Me alegré mucho de verte aquella noche, después de tanto tiempo, pero lamento haberte encontrado, Mac. Espero que sepas perdonarme por ello. Mi única alegría estriba en que esa noche logré acabar con los que iban a ser nuestros verdugos y eso te ha concedido un tiempo extra. Eres un tipo listo. Intenta aprovecharlo.

A estas alturas, la cabeza le daba vueltas, pasando de la angustia a la ira, del temor al deseo de venganza. Ahora sabía por qué había muerto Alicia Camarasa, la mujer con la que, quizá, más había logrado acercarse a la felicidad. La posibilidad de vengar su muerte empujaba desde su interior y le nublaba la vista; pero eso era, precisamente, lo peor y lo último que podía hacer. En estas circunstancias, ceder a un impulso ciego era un error que no podía permitirse.

... recuerda que estás en una pelea desigual. Tú acabaste con tres de ellos y yo, con otros tres. Pero no podrás matarlos a todos. Enviarán más, tantos como sean necesarios, hasta conseguir su objetivo. Y cuando yo haya muerto, ese objetivo serás tú y solo tú. Tú eres el último, Mac. Piensa bien cada paso que vayas a dar. Suerte.

Pinkerton tenía razón: defenderse no serviría de nada porque el número de sus enemigos podía ser infinito. La solución a su problema tenía que llegar por otro lado. De otro modo. Necesitaba encontrar la manera de tomar la iniciativa. Tenía que ser más astuto que ellos. Y más decidido. Más valiente. Más listo.

Y tan rápido como fuera posible, ya que ni siquiera sabía de cuánto tiempo disponía.

GESTIONES

–Me voy al banco –dijo Macallan.

–¿Al banco que dirige esa mujer tan guapa?

–Sí. Tengo que hacer unas gestiones.

–¿Gestiones bancarias o... de otro tipo?

–¡Qué mal pensado eres, Libuerque! De otro tipo, naturalmente.

–Ten cuidado. Hay maridos celosos que tienen buena puntería.

–No creo que Eleanor esté casada –dijo Macallan.

–El enano dice que sí.

–Miente.

–¿Cómo lo sabes?

–Es pura lógica. Si tú estuvieses casado con una mujer así..., ¿dejarías que fuese directora de banco en una ciudad como esta?

–Yo, claro que no. Pero...

–Ahí lo tienes. Ni tú ni nadie en su sano juicio.

–Entonces, su marido estará mal de la cabeza.

–No. Estará soltera o viuda o lo que sea, pero libre, en todo caso.

El indio alzó los hombros, nada convencido.

–En fin, si tú lo dices..., a por ella.

–¡Eh! No voy a por ella, Libuerque. Solo quiero tomar un té con alguien inteligente y que no huela peor que su caballo. Para variar.

–Pero si tú no has tomado un té en tu vida.

–Para todo hay un primer día. Si aparece algún cliente por aquí, mándame recado al banco con Stuart.

–¡Ja! Si aparece algún cliente, mandaré tocar las campanas de la iglesia de San Donato.

PAPEL SECANTE

Macallan se echó a la calle, camino de la oficina del Trust Bank. Era una tarde serena y apacible. Una tarde callada, cálida, de esas en las que parece que nada malo pueda ocurrir. Caminaba por la acera de los nones de la calle Holmes, cerca de las fachadas de los edificios, tratando de pasar lo más desapercibido posible, como hacía siempre Libuerque.

Tenía ya a la vista la sucursal del Trust. Allí delante, apenas a cien metros de distancia. Vio entonces abrirse la puerta y salir del banco a tres hombres con el aspecto de quienes se ganan la vida propia acabando con la vida de otros: botas de montar, guardapolvos de color arena y sombreros de ala muy ancha. Caminaban de ese modo típico en que lo hacen quienes acostumbran a llevar armas bajo la ropa.

No pudo verles bien la cara, pero Macallan estaba seguro de que uno de ellos, el que caminaba delante, llevaba bigote de guías.

Sintió una pésima sensación circulándole por las asaduras.

Apretó el paso y, en menos de tres minutos, se hallaba frente a Eleanor Daltrey, que se sobresaltó al alzar la mirada y verlo allí, al otro lado de la mesa de su despacho. Lo miró con sorpresa durante unos segundos, por encima de sus gafitas de présbite.

–¡George! ¿Qué...? ¿Qué demonios haces...? Quiero decir: ¿qué te trae por aquí?

–¿Qué querían?

–¿Quiénes?

–¿Quiénes van a ser? Los tres tipos que acaban de salir de aquí.

–¿A qué viene eso? Eran... clientes.

–Me han dado mala espina.

La directora firmó con pluma el documento que tenía sobre la mesa antes de volver a hablar.

–Eran ganaderos y pretendían abrir una cuenta. Les he dado información sobre nuestras condiciones.

Macallan se mordió el labio inferior.

–¿Solo eso?

–Solo eso. Fíjate que ni siquiera han intentado cortejarme. Estoy un poco decepcionada, la verdad.

Macallan llenó lentamente los pulmones de aire y los vació después.

–Me alegra oírlo.

–¿Has venido por algo en concreto o solo a recelar de mis clientes?

Macallan sonrió mientras se desabrochaba la camisa lentamente. Por fin, sacó del interior el sobre marrón que contenía la carta de Pinkerton. Estaba bastante arrugado.

–¿Qué es eso?

–Necesito enviarlo a Elkhorn de la forma más discreta posible. ¿Qué método empleáis en el banco? ¿Tenéis un medio de transporte propio o usáis la Wells Fargo?

Eleanor frunció el ceño antes de responder.

–Depende. Para destinos con estación de ferrocarril utilizamos la Johnson and Company, que posee sus propios vagones de ferrocarril, con vigilantes armados que viajan en cada tren.

Macallan sonrió de inmediato.

–¡Ah, sí! La conozco. No sabía que operase también en Missouri. Tuve ocasión hace años de hablar en persona con Patrick Johnson, su fundador. Dirigía su negocio desde Sidney, Nebraska; una pequeña población donde todo el mundo lo adora. Dime: ¿podrías enviar este sobre camuflado entre la correspondencia interna del Trust Bank?

–Desde luego. ¿Por qué camuflado? –quiso saber Eleanor, tomando el sobre y examinándolo.

–Hay gente a la que le gustaría interceptarlo.

–Entiendo.

De inmediato, de uno de los cajones de su mesa, Eleanor sacó un sobre blanco aún mayor e introdujo dentro el de Macallan. Lo cerró con papel engomado y tomó la pluma que reposaba en la escribanía de lapislázuli que mantenía a su alcance, sobre la mesa, y la mojó en el tintero.

–¿Quién sería el destinatario?

–Bradley Gregson, del periódico *Omaha Tribune*.

–En Elkhorn, Nebraska, me has dicho.

–Así es. No es necesaria la dirección postal. Allí, todo el mundo lo conoce.

Eleanor Daltrey escribió el nombre del periodista, el del periódico y el de la capital de Nebraska con su hermosa letra, inglesa e inclinada como una vieja ama de llaves. Luego, utilizó papel secante sobre la tinta fresca.

–Saldrá para su destino esta misma tarde –le aseguró–. ¿Algo más?

Macallan negó.

–¿Estás seguro? –insistió ella–. ¿No te apetece un café?

–Creo que voy a volver a la oficina. Me dan mala espina tus tres clientes.

–Y yo creo que eres demasiado desconfiado.

Eleanor se quitó las gafas, se puso en pie y rodeó su mesa. Macallan pensó que iba a acompañarle hasta la salida, pero la directora se dirigió a la puerta del despacho y la cerró suavemente; luego, echó el cerrojillo.

EMBOSCADA

Los tres hombres que Macallan había visto salir del banco hicieron el camino inverso al que él había recorrido, hasta el 221B de la calle Holmes, aunque por la acera contraria. Caminaban en silencio, comprobando sus armas. Asegurándose de que no faltaba ni una bala.

Se detuvieron ante la sucursal de la agencia Pinkerton y cambiaron unas palabras entre ellos. Luego, cruzaron la calle.

Entraron en el edificio sin prestar la menor atención a la pomposa decoración helenística del vestíbulo. Subieron mediante grandes zancadas hasta el piso principal y se detuvieron ante la puerta de la agencia Pinkerton, a la que el hombre del bigote llamó con los nudillos.

Les abrió Rosabelle, que abandonaba el piso en ese momento, terminadas sus tareas. La mujer se estremeció al verlos.

–¿Qué... desean?

–¿Está el señor Macallan? –preguntó el hombre, sin despojarse del sombrero–. El señor George Macallan.

La mujer volvió la vista hacia la puerta que tenía a su espalda.

–Ese es su despacho, pero no sé si está. Y yo ya me iba... El hombre se llevó el índice al ala de su sombrero.

–Gracias, señora. No se preocupe. Yo lo comprobaré.

Los otros dos se apartaron para permitir la salida de la mujer.

El hombre del bigote la siguió con la vista mientras bajaba la escalera. Luego, cruzó una mirada con los otros y entró en el piso abriendo la puerta con el brazo izquierdo y apartando el vuelo de su guardapolvo con el derecho.

Fue hacia el despacho mientras sus dos hombres se dirigían a extremos opuestos del pasillo y comenzaban la inspección del piso. Abrió sin llamar y se encontró con Libuerque sentado tras la mesa.

–¿Es usted Macallan?

Los ojos del indio se achicaron hasta convertirse en dos rayas horizontales. Un par de negros guiones tipográficos en el pliego color sepia de su rostro.

–¿Quién lo pregunta?

–Me llamo Scoop. Soy agente del gobierno.

–Dudo que pertenezca a ningún gobierno al que yo reconozca, Scoop.

–Déjese de sarcasmos. ¿Es usted George Macallan o no?

–¿Y qué si lo soy?

–Responda.

–¿Qué quiere de mí?

Scoop interpretó aquella pregunta como una respuesta afirmativa.

—Solo quiero verle muerto, Macallan. Es a lo que he venido. Lo que me han ordenado.

Demasiada palabrería antes de actuar, valoró Libuerque.

El comanche mantenía las manos sobre el tablero de la mesa. Parecía inofensivo y eso permitió que su adversario se confiase; y por eso desenfundó demasiado lentamente.

Mientras Scoop echaba mano de su revólver, Libuerque se deslizó de la butaca con la rapidez de una anguila eléctrica, metiéndose por el hueco de la mesa. Cuando el pistolero alzó el arma y apretó el gatillo, su víctima ya no estaba allí. El disparo solo ocasionó un agujero redondo en la cabecera del sillón. Scoop parpadeó, perplejo. Un instante antes, había allí un tipo de tez oscura. Ahora, solo quedaba una nube azulada de humo de pólvora.

En el mismo segundo, antes de que el pistolero pudiera atar cabos, Libuerque surgió de debajo de la mesa con las piernas por delante y derribó al hombre pateándole duramente las canillas.

Con ambos en el suelo, la pelea no tenía color. Libuerque luchaba como un puma. Sonó un segundo disparo inútil mientras el indio le aplicaba al pistolero una llave con la que le inmovilizaba la mano. En el instante siguiente, con uno de sus estiletes le atravesó el antebrazo derecho cerca de la muñeca, notando el roce de la hoja contra los huesos y el corte de los tendones. Scoop gritó como un becerro en el matadero y soltó el revólver. Libuerque le clavó entonces la daga en el muslo y, de inmediato, sacó de la caña de su bota un machete corto y afiladísimo, de hoja gruesa.

Scoop acababa de desenfundar su segundo revólver con la izquierda; pero, antes de que pudiese apuntar, el machete comanche le seccionó limpiamente la mano, que cayó al suelo, empuñando el arma.

El pistolero, los ojos desorbitados, lanzó un nuevo alarido mientras el extremo del muñón y la herida del muslo escupían intermitentes chorros de sangre.

Libuerque recogió del suelo la mano cortada, la separó del revólver y la arrojó a un rincón, quedándose con el arma.

Atraído por los gritos, el más joven de los compañeros de Scoop corrió por el pasillo y entró imprudentemente en la habitación. Durante un segundo quedó paralizado, al ver a su jefe tratando inútilmente de detener las hemorragias que lo estaban matando, mientras salpicaba de sangre el suelo y las paredes del despacho.

Ese instante de desconcierto fue el que aprovechó Libuerque. Inmóvil, con la espalda pegada a la pared de la puerta, solo tuvo que extender el brazo derecho hasta casi rozar el pómulo del joven con la bocacha del enorme Remington Army. Entonces, apretó dos veces el gatillo.

Trozos de cráneo, de cerebro, dientes, ojos y lengua saltaron por los aires, salpicando las paredes y la puerta del armario archivador. Tras eso, lo que quedaba del muchacho se derrumbó como un pelele de trapo.

El comanche se asomó al pasillo y lanzó dos rápidas miradas, en ambas direcciones. Solo vio al fondo, ante la puerta de su cuarto, a Stuart, desnudo de cintura para arriba y empuñando su revólver.

–Son tres –le dijo el indio en un susurro, alzando meñique, anular y medio de la mano libre–. Falta uno.

Russell le contestó en silencio, con un gesto ambiguo.

Libuerque dio un respingo al escuchar un ruido sordo a su espalda. Se tranquilizó al comprobar que lo había producido el cuerpo de Scoop, al caer al suelo definitivamente, tras un último intento por incorporarse. No estaba muerto, pero ya no gritaba. No estaba muerto, pero lo estaría pronto, en cuanto la falta de sangre agotase su corazón.

El indio le dio la espalda e hizo ademán de asomarse de nuevo al pasillo.

Entonces, un ligero cambio de la luz ambiente le indicó que acababa de cometer un error fatal.

El tercero de los hombres había sido el más listo. Ya no estaba en el piso. Tras salir por la ventana de la habitación de Frank, había avanzado por la fachada, saltando de un balcón a otro. Y ahora se encontraba allí, fuera, al otro lado del cristal.

A su espalda.

Libuerque comenzó a girarse, tensando el dedo índice sobre el gatillo del Remington. Pero ya sabía que llegaba tarde. El estampido definitivo había sonado. La bala con su nombre, la que iba a acabar con su vida, cortaba ya el aire de la ensangrentada habitación, tras haber atravesado el cristal de la ventana. No había forma de esquivarla. Ni siquiera para un hombre invisible.

Un segundo disparo y enseguida un tercero llevaron en volandas a la muerte hasta dejarla caer con estrépito sobre

el corazón del comanche.

Al recibir los impactos, Libuerque se sintió empujado con la fuerza de una coz. Alzó las manos, retrocedió trastabillando, atravesó la puerta del cuarto y se desplomó finalmente sobre el suelo del pasillo.

Cuando cesaron los ecos de la voz del revólver, el asesino de Libuerque saltó al interior del despacho tras destrozar la ventana de una patada. Avanzó con cautela, pisando sangre aún caliente y frías esquirlas de vidrio. Con el revólver por delante. Apenas echó un vistazo de reojo a los cuerpos de sus compañeros. El chico, con la cabeza reventada. Irreconocible. Scoop aún respiraba débilmente. Nada podía hacer por él. Moriría al minuto siguiente.

Al llegar junto al cadáver del indio, lo golpeó dos veces con la punta de la bota para asegurarse de que estaba muerto. Luego, lanzó una mirada hacia el fondo del pasillo. Russell seguía allí, con cara de pocos amigos.

–Tranquilo, Jake. Soy yo –dijo el enano.

–¿Lo has visto? –gruñó el pistolero, mirando al indio muerto–. Se ha cargado a Scoop. Y a Rob. Pero yo me lo he cargado a él. ¡Je! Misión cumplida.

Stuart chasqueó la lengua.

–No te alegres tanto, porque habéis metido la pata hasta el fondo: ese tipo no es el que buscabais.

Jake parpadeó.

–¿Cómo? ¿No es Macallan?

–Claro que no, imbécil.

El pistolero frunció el ceño, cada vez más confuso.

–Maldita sea... ¿Y cómo querías que yo lo supiera? Scoop era el que mandaba y él...

–Quizá deberías aprender a preguntar primero y disparar después.

–Es que... no me gusta preguntar. Se pierde mucho tiempo y, a veces, obtienes respuestas que no deseas.

Russell sonrió.

–Cuánta razón llevas, Jake. Cuánta razón...

El enano se acariciaba el mentón y, de pronto, sin previo aviso, sin delatar sus intenciones siquiera con una mirada, alzó su revólver y disparó. Dos veces. Con la primera bala alcanzó a Jake en el bajo vientre y, con la segunda, en el centro del pecho.

Jake cayó muerto con la sorpresa dibujada en el rostro.

Luego, Russell escupió al suelo y lanzó una maldición.

FUNERAL

Kansas City había crecido tanto en los últimos años que su cementerio se había quedado pequeño. Allí no cabía ni un muerto más. Para enterrar a uno, había que desenterrar a otro.

Sin embargo, al día siguiente Macallan sobornó a los sepultureros encargados del camposanto para que hicieran sitio a Libuerque. Los enterradores desalojaron a un par de inquilinos antiguos, de los que ya nadie se acordaba, y enviaron sus huesos sin miramientos a la fosa común. En el sitio que dejaron libre, se preparó el hoyo amplio que albergaría el ataúd del comanche.

–Es una buena tumba, señor –dijo el jefe de la cuadrilla cuando Macallan le entregó la cantidad acordada y una generosa propina–. Un lugar alto, con buenas vistas y soleado. Su amigo estará bien, ya lo verá.

Al funeral acudieron los Macallan, Stuart Russell, Eleanor Daltrey y Nidia Bonino acompañada por sus padres. No hubo predicador ni ceremonia religiosa alguna. Macallan había intentado esa mañana dar con algún indio de la comanchería que viviera en la ciudad y que hiciera o pudiera indicarle cómo realizar algún ritual funerario propio de su pueblo; pero no halló a ninguno.

Cuando los sepultureros metieron en la fosa la caja con el cuerpo de Libuerque, los asistentes al sepelio se miraron, algo azorados, sin tener nada claro qué hacer a continuación. Solo Macallan permaneció con la vista clavada en el ataúd. Sin previo aviso, se despojó de su sombrero Stetson y comenzó a hablar.

–Esta es una tierra tan generosa que, algún día, nos acogerá a todos y cada uno de nosotros y nos convertirá en parte de sí misma. Pero solo los hombres como Libuerque son sus verdaderos hijos. Nosotros, los que nos decimos americanos, apenas alcanzamos la categoría de intrusos desagradecidos. Libuerque era un buen hombre y un buen tirador. Apenas bebía, no jugaba al póquer y nunca le vi mirar con desdén a una mujer. Además... era mi amigo. –Se le quebró la voz con esa última frase, pero respiró hondo para concluir–. Descansa en paz, porque te juro por quien soy que quienes te han hecho esto lo pagarán pronto.

Stuart Russell se volvió hacia Macallan.

–Ya lo han pagado, George. Están muertos.

–No me refiero a los que apretaron el gatillo –replicó Macallan, sin dejar de mirar el hoyo.

Entonces se agachó, tomó un puñado de tierra y lo arrojó con rabia sobre la caja de madera de pino.

Al abandonar el cementerio, Macallan llamó a su sobrino.

–Déjate consolar un rato por tu novia, que es algo que une mucho a los enamorados. Si sus padres te invitan a comer, acepta. Y si no te invitan, comes igualmente en la pizzería y lo dejas a deber, que ya lo pagaré yo. Te espero en casa a media tarde.

–¿Te encuentras bien, tío George?

Macallan cerró los ojos y apretó los dientes.

–Pues claro que no. Me siento como un maldito cactus del desierto. O como si viajase en un maldito tren que se hubiera metido en un maldito túnel y el maldito humo no me dejase ver ni respirar.

–Y siendo así, ¿no prefieres que me quede contigo...?

–No –cortó su tío–. Lárgate. Es una orden.

Cuando Frank y los Bonino se hubieron alejado en dirección a la ciudad, Macallan se volvió hacia Russell.

–Necesito un trago, Stu.

El enano asintió.

–Por supuesto. El Jacob's es un buen sitio –propuso.

THE JACOB'S HOUSE

El Jacob's no era un simple *saloon*, sino uno de los que la gente de orden denominaba «casa de mala nota».

En el Jacob's había doce cantantes pero ninguna de ellas sabía cantar. El pianista y los camareros del Jacob's cobraban mucho más que en otros locales; pero solían morir jóvenes. En las partidas de póquer del Jacob's no solo el dinero cambiaba de manos; también lo hacían negocios, haciendas y mujeres. En el Jacob's, las letrinas olían mejor que los clientes.

Acostumbradas a los *cowboys* cubiertos de polvo y mugre, cuando las señoritas del Jacob's vieron entrar a Macallan y Russell, corrieron hacia ellos como gacelas de la sabana. El enano, que las conocía a todas por sus nombres, tuvo que alejarlas a manotazos.

–Dejadnos en paz, chicas. ¡Fuera! Lo siento, pero solo venimos a emborracharnos.

Consiguieron con apuros llegar hasta la barra. Una de las chicas le acercó a Stuart un taburete alto y, a cambio, se llevó una carantoña del enano.

–Gracias, Cordelia.

–*Whisky* –pidió Macallan al camarero.

El chico colocó dos vasos sobre la barra y los llenó hasta el borde. Macallan, entonces, le sujetó la muñeca.

–Deja la botella.

CONFESIÓN

Media hora más tarde, la botella estaba vacía. Macallan y Russell se apoyaban el uno en el otro y tarareaban una canción popular escocesa que ningún escocés habría sido capaz de reconocer.

El enano, de pronto, dejó caer la cabeza hasta golpear con la frente sobre el mostrador y eructó sonoramente.

Macallan también apoyó la cabeza sobre la barra, pero lo hizo sobre la mejilla izquierda.

–Oye..., Stu... –murmuró, con voz pastosa.

Russell hizo rodar la cabeza hacia su derecha. Así, los dos hombres quedaron mirándose el uno al otro. Como perfectos compañeros de borrachera.

–¿Qué?

–¿Por qué lo hiciste? –preguntó Macallan lentamente, con la lengua estropajosa.

–¿El qué?

–¿Por qué permitiste... que matasen a Libuerque? Él te apreciaba. ¿Qué... qué demonios te pasó por la cabeza...?

El enano chasqueó la lengua.

–Fue un error. Varios errores.

–¿Eh...?

–Fue mi... mi culpa. Yo tenía que haberles... Yo no quería... –farfulló–. No... quería. Tú tenías... que... haber muerto, Macallan. Tú, no él. Pobre indio... Era... un buen tipo.

–Así que venían a por mí, ¿no es eso? –Russell asintió con un gruñido–. Y tú lo sabías. Lo sabías porque eres uno de ellos.

El enano parpadeó lentamente, antes de replicar.

–¿Eh...? No... no, no, Macallan. Yo no soy uno de ellos...

–¡Por supuesto que sí!

–¡Te digo que no! No, yo solo... estaba allí. El día que vinieron preguntando por ti... Me pidieron que... me quedase en la casa... y les advirtiese de tu llegada... Luego, me... vieron... me vieron con Libu en el Oliphant y... seguro que... pensaron que él eras tú. O... yo qué sé. No sé. Y cuando fueron a matarte, él... él estaba en... el despacho. ¿Qué mierda hacía ese indio en... en tu despacho? Tú debías haber muerto, Macallan. Tú. Tú y no él. Es culpa tuya.

Macallan repitió en su cabeza las palabras de Stuart, una por una, sintiendo que le hervía la sangre en las arterias. De pronto, se incorporó. Ya no tenía la vista extraviada. Habló con voz clara y rápida, apretando los dientes con rabia.

–Maldito hijo de Satanás. Vas a pagar por esto.

Russell, la cabeza aún sobre el mostrador, frunció el ceño. Lo miró, bizqueando ligeramente.

–Eh..., tú no... no estás borracho. Me has... engañado.

–Sí, te he engañado. Yo también sé hacer teatro. Como tú, traidor malnacido.

Macallan tomó al enano por el pescuezo y lo arrastró por el local, dándole trompadas, ante la indiferencia de todos. Lo sacó a la calle y lo arrojó al primer abrevadero para caballos que encontró, hundiéndole la cabeza en el agua hasta que manifestó síntomas de asfixia. Cuando lo sacó, chorreando, Stuart vomitó agua sucia varias veces, entre arcadas, toses y aspavientos.

–Han fallado, pero volverán, ¿no es cierto? –preguntó Macallan.

–¡No lo sé!

–¿Cuándo tienen previsto regresar?

–¡Que no lo sé!

–¿Cuántos serán? ¡Habla o muere, perro!

–¡No sé nada, Macallan, te lo juro!

Macallan volvió a sumergir al enano en el abrevadero. Después de un rato interminable y de nuevas toses y vómitos, Russell no varió su respuesta.

–¡No soy uno de ellos, no lo soy! ¡Simplemente, me pagaron cincuenta pavos para que les avisase de tu llegada!

¡No sé cuáles son sus intenciones! Quizá ya no vuelvan nunca. ¡No lo sé, demonios! Puedes ahogarme, si quieres, pero no lograrás que te diga lo que no sé.

Macallan lo arrojó al abrevadero por tercera vez, aunque en esta ocasión se limitó a zambullirlo en el agua.

–No quiero volver a verte –le advirtió, señalándolo con el dedo–. ¿Me oyes bien? Haz lo que tengas que hacer para no cruzarte conmigo nunca más. Vete de la ciudad, márchate al Canadá, a México o a Alaska. Donde quieras, pero lejos y rápido. Si te echo la vista encima, aunque sea por puro azar, puedes darte por muerto.

Macallan dio media vuelta y comenzó a alejarse. A los pocos pasos, oyó de nuevo, a su espalda, la voz de Stuart.

–¿Eso quiere decir que estoy despedido?

PRECAUCIONES

Macallan no regresó a la oficina ni se fue a comer.

El *whisky* no había conseguido emborracharlo, pero sí le había embotado los sentidos. Y se sentía furioso con Stuart Russell, con el mundo y consigo mismo. El bullicio de la ciudad y el omnipresente mugido de las vacas le taladraban la cabeza.

Vio una iglesia y se metió dentro.

No era un hombre religioso, pero el silencio y la penumbra del lugar lo tranquilizaron. Aunque Macallan no logró identificarlo, olía a incienso y ese olor le amansó la furia, quizá porque le trajo a la memoria recuerdos tiempo atrás atrapados entre los pliegues de su cerebro.

Solo había en la iglesia dos mujeres ya ancianas, vestidas de negro, que, en cuanto lo vieron avanzar por el pasillo central de la única nave del templo, salieron a toda prisa por la puerta de la sacristía.

Macallan se sentó en uno de los primeros bancos. Miró al Cristo crucificado y pensó que se parecía a algunos de los indios que había conocido. ¿Era posible que Jesucristo fuera un piel roja? También podía pasar por mexicano. Desde luego, a quienes no se parecía Jesucristo era a los escoceses, como él. Tampoco a los irlandeses ni a los franceses ni a los chinos ni a los malditos ingleses.

Claro que no. Dios no podía ser uno de ellos. De repente, lo veía muy claro.

Entonces, por la puerta de la sacristía por la que habían huido las dos beatas, hizo su aparición un hombre muy alto, de edad similar a la suya y con una extraña mirada. Vestía como un jugador de cartas, con traje y chaleco, pero llevaba colgado del cuello un enorme crucifijo que relucía como el oro, porque era de oro.

–Buenos días, hermano –dijo, al ver a Macallan.

–Reverendo...

–¿Qué te trae a la casa del Señor?

–Solo pasaba por aquí. He pensado que podría ser un buen refugio. Un lugar donde calmar mi ira. Me quedaré solo unos minutos. Y prometo no abrir fuego ni romper nada.

El hombre del crucifijo de oro avanzó unos pasos.

–¿Buscas refugio para el cuerpo o para el alma?

–Yo no tengo alma, reverendo. La aposté hace años en una partida de póquer... y perdí.

Sonrió el predicador.

–De modo que eres un desalmado.

–Técnicamente, sí. Sin embargo, yo me tengo por un buen tipo.

–Eso está muy bien. El primer paso del largo camino hacia el perdón hay que darlo siempre en dirección a uno mismo.

–Mi problema es que no siento arrepentimiento alguno. Creo que todos los hombres a los que he matado merecían la muerte. Así que, a los ojos de Dios, seguramente soy un pecador contumaz. Sin posible perdón.

–No desesperes, hermano. Jesucristo también arrojó a latigazos a los mercaderes del templo y no recuerdo que en las Sagradas Escrituras se diga que se arrepintiera de ello.

–No es lo mismo. Jesucristo no mató a nadie. Que yo recuerde.

–No, claro que no. Pero Jesucristo era el hijo de Dios. Y nosotros, no. No se nos puede exigir lo mismo que a Él.

Aquel hombre sonreía todo el rato y eso acabó contagiando a Macallan.

–¿Ha matado a algún semejante, reverendo?

–Desde que soy un hombre del Señor, no. Antes, sí.

Macallan sonrió más.

–¿Sabe? Creo que es usted el primer predicador que me cae bien –dijo, tendiéndole la mano–. Me llamo George.

–Clinton –dijo el predicador–. Pero puedes llamarme Clint.

LÁGRIMAS Y LEJÍA

Cuando Macallan regresó a la oficina, Rosabelle estaba terminando de limpiar el despacho. El agua del cubo de fregar tenía un escalofriante color rojo oscuro.

–Ya está, señor Macallan. He cogido varias botellas de lejía del almacén del señor Foster, diciendo que pasaría usted a pagarlas. También han venido los cristaleros a reparar la ventana del despacho. La sangre es mala de limpiar, pero creo que ha quedado todo bastante bien.

–Seguro que sí, Rosabelle –dijo Macallan, en un susurro triste, entregándole un billete de diez dólares–. Tenga. Esto es aparte del sueldo que acordamos. Comprendo que habrá sido una tarea muy desagradable. Procuraré que no vuelva a suceder.

–Se lo agradezco. Y lamento muchísimo... lo del señor Libuerque.

–Lo sé. Gracias. ¿Está mi sobrino en casa?

–Ha llegado hace un rato, sí. Está en su cuarto.

Macallan llamó con los nudillos a la puerta de la habitación de Frank. Cuando este abrió, entró sigilosamente y cerró tras de sí. Le habló en voz baja.

–Hola, Frank.

–¿Qué pasa, tío George? Tienes los ojos enrojecidos.

–He estado llorando.

–Oh. Pensaba que un pistolero nunca llora.

–Bobadas. Si no lloras, las penas se te quedan dentro y te hacen enfermar. Las lágrimas, por el contrario, disuelven el dolor y te vuelven más fuerte.

145

–Lo recordaré.

–Ahora escucha, Frank: las cosas se han complicado más allá de lo que yo podía imaginar. ¿Tienes algún otro lugar al que ir? ¿Algún otro pariente al que puedas recurrir, lejos de aquí?

Frank sintió un vacío en el estómago. Como cuando la noria gigante giraba veloz. Tras unos segundos de silencio, negó con la cabeza, muy serio.

–Ni lo tengo ni quiero irme a ninguna parte.

Macallan suspiró, impotente.

–Tampoco yo quiero que te vayas, pero, en estas circunstancias, sería lo más juicioso; al menos, por un tiempo. Esta casa ya no es un lugar seguro. Los hombres que mataron a Libuerque volverán.

–Los hombres que mataron a Libuerque están muertos.

–Vendrán otros. Vendrán más. Vendrán a por mí. No quiero tenerte cerca cuando eso ocurra.

–¿Puedes vencerlos?

Macallan frunció los labios.

–Es posible –dijo, aunque pensaba lo contrario–. Pero necesito tiempo. Y ellos podrían... utilizarte contra mí.

Frank lo comprendió.

–Podría trasladarme a un hotel, quizá.

Su tío torció el gesto.

–Sería un rastro muy fácil de seguir. He pensado que... podría enviarte a Elkhorn, en Nebraska. Tengo allí unos buenos amigos, un matrimonio de periodistas. Estarías bien con ellos.

Frank sintió un nudo de congoja apretándole la garganta, como un condenado a muerte a punto de ser ahorcado.

Por nada del mundo quería abandonar Kansas, la ciudad donde vivía la chica que le robaba el sueño.

–Y... ¿y si esos hombres de los que me hablas me siguen la pista hasta la casa de tus amigos? Entonces también ellos correrían peligro.

Macallan suspiró, se frotó la cara con las manos y, finalmente, asintió. Frank era un chico listo y estaba en lo cierto. Y lo último que querría sería poner en riesgo a la familia de Bradley Gregson.

–Tienes razón. Además, ya dieron conmigo una vez en Elkhorn. Seguro que pensarán en ello.

–¿Y si le pedimos ayuda a Stuart? –sugirió Frank–. Su familia son gente importante en la ciudad. Quizá ellos puedan echarnos una mano.

Macallan negó con rotundidad.

–Stuart no volverá por aquí.

Frank abrió mucho los ojos.

–¿Y eso? ¿Qué ha pasado?

–Lo he despedido.

–¿Despedido? ¿Por qué?

Macallan estuvo a punto de decirle la verdad, pero prefirió suavizarla.

–Lo último que Libuerque me dijo fue que no se fiaba de él.

–¿Eso te dijo? Pero... ellos dos parecían llevarse bien. ¡Y fue Stuart quien mató al asesino de Libu!

–Eso es lo que él declaró. No hay otros testigos.

–Pero ahora que las cosas pintan mal, nos vendría muy bien su ayuda.

–¡Que no, Frank! –exclamó Macallan–. La decisión está tomada. No hay más que hablar.

El chico miró a su tío. Creía que se equivocaba, pero, por otro lado, intuía que podía tener sólidos motivos para comportarse así.

–De acuerdo... ¿Qué hacemos, entonces?

Macallan dudó.

–Estoy pensando...; es una idea que no me acaba de gustar, pero quizá... quizá resulte. Verás: esta mañana, en el cementerio, he hablado con Eleanor. Elearnor Daltrey, ya sabes.

–La directora del banco.

–Así es. Ha accedido a esconderte en su casa, si se lo pedíamos. Creo que vamos a hacerlo.

Frank disimuló su alegría. Eso significaba que podía quedarse en Kansas City.

–De ella sí te fías, por lo que veo. ¿Es solo porque se trata de una mujer muy guapa o tienes alguna razón de peso?

–Anda, no seas descarado. Prepara lo imprescindible en tu maleta. Te trasladarás esta noche. Y, por supuesto, es importantísimo que no se lo digas a nadie. Y cuando digo a nadie, quiero decir a-na-die. ¿Entendido?

SAN LUIS, 9-22

A la mañana siguiente, Macallan acudió a la estación del ferrocarril y buscó la delegación de la Johnson & Co, la compañía de transporte de mercancías por ferrocarril que dirigía Patrick Johnson desde Sidney, Nebraska.

Cuando localizó el mostrador, se le acercó un tipo con gafas y cara de rata noruega. Vestía una camisa roja, con el emblema de la Johnson & Co.

–¿Señor? ¿Qué desea?

–Verá, amigo..., ando buscando a uno de los empleados de su compañía. Se llama Ted Wild. Es de los que viajan en los trenes cuidando de los furgones propiedad del señor Johnson.

–¡Ah, sí! Wild... Lo conozco. Pero ya no viaja en los trenes. El señor Johnson lo retiró del servicio activo hará cosa de un año y ahora trabaja en la central de clasificación de San Luis.

–¡Oh, vaya...! ¿En tareas de seguridad?

–¿Eh...? No, no: llevando paquetes de un lado a otro.

Macallan pensó en Wild y lo imaginó muy desgraciado con semejante cometido.

–¿Sabe usted cómo podría contactar con él? Supongo que en esa central contarán con dirección de telégrafos.

–Oh, sí, desde luego. Pero hay un método mejor, más moderno y más rápido: el teléfono.

–¿Teléfono?

–¿No sabe qué es el teléfono?

–Sí, sí que lo sé, claro. Pero pensaba que solo se utilizaba para hablar de una vivienda a otra, dentro de la misma ciudad.

–No, no... Ya se empieza a popularizar como medio de comunicación entre diferentes ciudades. Teléfono de larga distancia, lo llaman. Si quiere hablar con Wild, nuestro número es San Luis, nueve, veintidós. Pregunte por él.

–¿Y desde dónde llamo?

El empleado le indicó una cabina de madera y cristal, en el extremo del mostrador.

–Allí lo tiene. Descuelgue, haga girar la manivela y, cuando una señorita le conteste, pídale que le comunique con ese número.

–¿San Luis, nueve, veintidós?

–Exacto. Y si le preguntan el de aquí, diga: Kansas, seis, dieciséis.

Macallan se dirigió a la cabina y cerró la puerta. Jamás había hablado por teléfono. Había oído comentarios elogiosos sobre el invento patentado recientemente por el señor Graham Bell, eso sí, pero nunca lo había utilizado.

El aparato era negro, fabricado de madera y con piezas de baquelita. Tenía en el centro el dibujo de una campana y, sobre ella, podía leerse «American Bell Company».

Tomó el auricular y se lo apretó contra la oreja derecha. Supuso que una pieza con forma de bocina sería el micrófono por el que tenía que hablar.

Localizó la palanca y la giró varias veces.

–Diga –exclamó una voz femenina al otro lado del hilo, segundos más tarde.

–¿Oiga? ¡Señorita! Quiero hablar con San Luis, nueve, veintidós, por favor –pidió Macallan.

–Las líneas están ocupadas. Tendrá que esperar unos minutos, señor. Cuelgue y yo le avisaré.

–Eeeh... Bien, de acuerdo. Espero.

Macallan vio que la cabina estaba dotada de un banquillo en el lateral opuesto al del aparato telefónico y decidió sentarse allí. Muy tieso, con los brazos cruzados. Observando el aparato telefónico atentamente. Dos minutos más tarde, aburrido, comenzó a observar a su alrededor.

El trajín de la estación: jóvenes sin presente en busca de un futuro. Ancianos sin futuro rebuscando en el pasado. Mujeres sin pasado mendigando un presente. Tipos caminando con prisas hacia cualquier abismo. Empleados del ferrocarril cargando en carros de mano bultos y baúles que encerraban la vida de otros.

A veces, Macallan se preguntaba si todo aquello, aquel trajín de hormiguero que empujaba a los seres humanos a ir de aquí para allá sin razón aparente, tenía algún sentido.

Justo en ese momento, decidió que no lo tenía.

Al cabo de unos minutos, sonó el timbre del teléfono sobresaltando a Macallan, que se puso en pie, se acercó al aparato y descolgó el auricular.

–Eeeh... ¿Sí?

–Su conferencia, señor.

–¿Conferencia?

–Su comunicación con San Luis.

–¡Ah, sí, sí...!

–Hablen.

–¿Hola? ¿Hola? ¿Hay alguien ahí?

Macallan solo escuchó un sonido desagradable como el de una loncha gruesa de beicon friéndose en una sartén. Giró la manivela.

–Señorita, no oigo nada. Solo ruido.

–A ver, un momento... Sí, era una clavija mal metida. Ya está. ¡Hablen!

–¿Oiga? ¿Ted?

–¿William? ¿Eres tú? –preguntó una voz femenina, al otro lado del hilo.

–¿Qué? –exclamó Macallan, perplejo–. No, no soy William. Yo me llamo George.

–Te oigo muy lejos, William.

–¡Le digo que no soy William!

–¿A que no sabes qué? ¡Estoy embarazada, William! ¡Vamos a ser padres!

–¡Que sea enhorabuena, señora! Pero yo no he tenido nada que ver en eso.

–¡Qué dices! ¿Ahora te desentiendes de mí? ¡Eres un malnacido! ¡Te odio, William, te odio!

–¡Que no, mujer, que no, que se confunde! ¡Señorita! ¡Oiga! ¡Telefonista!

–¡Hablen!

–No, si ya hablamos. Pero en lugar de hacerlo con mi amigo Ted, hablo con una señora embarazada que dice que me odia y me llama malnacido.

–Algo le habrá hecho usted.

–¡Pero si no la conozco de nada!

–Los hombres, siempre igual: primero, cuánto te quiero y, después, si te he visto, no me acuerdo.

–Oiga, usted limítese a hacer su trabajo y déjese de chismes. ¡Y póngame al habla con mi amigo Ted! ¡Será posible...!

–Habrá habido un cruce. Espere un momento... Un momento más... Ya. ¡Hablen!

–¡Margaret! –bramó ahora una voz masculina, para desesperación de Macallan–. ¿Eres tú, Margaret?

–No, no soy Margaret. Me llamo Macallan. ¿Usted quién es?

–¿Yo? William Endicott, tercero.

–¡Hombre, William...! No sabe cómo me alegro de conocerle. Por cierto, creo que Margaret está embarazada.

–¿Y usted cómo lo sabe, eh? ¡Esto me huele muy mal!

–¡Señorita, por favor! –suplicó Macallan, dándole vueltas a la manivela hasta quedarse con ella en la mano.

–¡Hablen!

–¡Pero cómo voy a hablar si no hace más que aparecer gente rara al otro lado!

–¿Y a mí qué me cuenta? ¿No quería usted hablar con San Luis, veintidós, nueve?

–¡San Luis, nueve, veintidós!

–¡Ah, caray! Haberlo dicho antes. Le paso. Un momentooo... ¡Hablen!

–¿Oiga?

–¡Diga! –exclamó por fin una voz que a Macallan le resultó conocida.

–¡Ted! ¿Eres tú, Ted?

–¡Diga! ¿Quién es?

–¡Ted! ¡Soy Macallan!

–¡Oiga! Aquí Johnson and Company, delegación San Luis. ¿Quién es?

–¡Teeed!

–No oigo nada. ¿Quién llama?

–¡Macallan! ¡George Macallan! –gritó Macallan, hinchadas las venas del cuello como macarrones a la boloñesa.

–No, no soy Macallan. Macallan es un amigo mío. Yo me llamo Ted. Ted Wild. ¿Con quién hablo?

Macallan recolocó y giró la manivela.

–¡Señorita! Mi amigo Ted no me oye. Yo le oigo a él, pero él a mí, no.

–Hable más alto.

–¿Más alto? Si tengo que hablar más alto, no necesito teléfono. Me subo a un tejado, hago bocina con las manos, y listo.

–¡Qué gracioso es usted! A ver, un momento, que cambio las clavijas... ¡Hablen!

–¡Ted!

–¡Sí! ¿Quién es?

–¡Soy Macallan! ¡George Macallan!

–¡Macallan! ¿Es posible? ¡Maldito forajido! ¡Cuánto me alegro!

—¿Me oyes ahora?

—Sí, hombre, sí, claro que te oigo. No hace falta que grites de esa manera. A ver, ¿qué tripa se te ha roto?

—Tengo que pedirte un favor, Ted. Atiéndeme bien...

Tras unos minutos de conversación, Macallan colgó el auricular del aparato y dejó la maltrecha manivela apoyada en una repisa. Cuando abandonó la cabina, el empleado de la Johnson se volvió hacia Macallan.

—¿Qué? ¿Qué le ha parecido esto del teléfono de larga distancia?

—Sensacional. En cuanto pueda, pediré que me instalen uno en la oficina.

—Por cierto: la conferencia con San Luis cuesta un dólar con veinte centavos.

—¿Qué? ¡Panda de ladrones...!

TELEGRAMA

Rebuscaba Macallan en sus bolsillos las monedas para pagar la conferencia, cuando se le acercó un empleado del telégrafo, un hombre muy delgado, con gafas y visera negra de celuloide.

—Discúlpeme..., no he podido evitar escucharle mientras vociferaba por teléfono. Es usted George Macallan, ¿no?

—Lo soy.

—¿El George Macallan delegado de la agencia de detectives Pinkerton?

—En efecto, sí.

–Verá: hemos recibido un telegrama para usted hace menos de media hora. Estábamos a punto de salir para entregárselo en su domicilio, pero, ya que está usted aquí, puede recogerlo ahora mismo, en persona.

Macallan acompañó al hombre hasta un mostrador cercano, firmó en un pliego en el que figuraba su nombre y recibió a cambio una hoja de papel azul plegada hasta formar un sobre cerrado. Al desplegarla, quedó visible el mensaje escrito en una tira de papel engomado, letras azules sobre fondo blanco.

DE ALLAN PINKERTON JR CENTRAL CHICAGO PARA GEORGE MACALLAN DELEGACION KANSAS STOP LAMENTO COMUNICAR MI PADRE FALLECIO PASADA MADRUGADA STOP FUNERAL PROXIMO MIERCOLES DIA TRES CATEDRAL CATOLICA CHICAGO DIECIOCHO HORAS STOP ACTIVIDAD AGENCIA PINKERTON CONTINUA BAJO DIRECCION MIA Y HERMANOS FIN

TIEMPO DE ESPERA

Pese a tratarse de una noticia esperada, el texto sincopado y frío del telegrama pareció abrir en canal las entrañas de Macallan.

Cuando abandonó el edificio de la estación del ferrocarril, la sensación de vacío era tal que tuvo la impresión de que la ciudad no estaba allí. De que el mundo ya no era el de antes. De que todo, incluso él mismo, había retrocedido en el tiempo y en la memoria. Veinte. Treinta años, quizá.

Era otoño y aún hacía calor.

Se detuvo a la sombra del porche que cubría el acceso principal al edificio y dejó que el viento de Missouri le arrancase de los dedos el papel azul.

Suspiró tan fuerte que su aliento sonó como el gruñido de un oso *grizzly*. Se ajustó su sombrero Stetson de color claro. Consultó la hora en su reloj de bolsillo Westclox, con tapa. Examinó su revólver Starr, negro pavonado, asegurándose de que tenía el tambor completo y lo enfundó después en su cartuchera, recolocando el cinturón para situarlo exactamente en la posición que a él le gustaba: a la izquierda, algo adelantado y muy bajo. Era un poco molesto a la hora de caminar, pero así resultaba más rápido y fácil de desenfundar. Para un pistolero, la puntería es media vida y la rapidez, la otra media.

Luego, echó a andar como si el bullicio de Kansas City no fuera con él, como si no hubiese calles ni edificios; como si no hubiese a su alrededor cientos de personas, miles, pequeñas como gusanos de la harina, cada una con su historia; como si no hubiese una bala para cada uno de ellos, con su nombre ya escrito; y una fosa, esperándoles; y una lápida aún por cincelar.

Cruzó la ciudad ajeno a todo, como si fuera el primer hombre blanco en hollar aquellas tierras en la confluencia del río Blue con el Missouri.

Se sintió solo. Quizá más solo que nunca. Se sintió viejo. Como el último ejemplar de una especie en extinción.

Alicia podía haber sido la compañera definitiva, si no hubiese muerto. Libuerque podía haber sido el amigo junto al cual envejecer, si no hubiese muerto. Pinkerton podía haber sido un buen jefe para el último trabajo de su vida. Si no hubiese muerto.

–Todos están muertos –susurró–. Y eso significa que solo falto yo. Ellos me esperan en alguna parte.

Su única familia era Frank, ese extraño que acababa de aparecer en su vida como de la nada. Pero el chico merecía cumplir su propio destino, a la sombra de nadie, quizá junto a aquella preciosa *ragazza* italiana. Merecía mejor suerte que él. Se la deseó con todas sus fuerzas.

A Macallan solo le quedaba esperar; e intuía que la espera no sería larga.

Podía sentir cómo la muerte, en su caballo negro, galopaba hacia él, gritando su nombre.

EL HOMBRE SIN BIGOTE

Ted Wild llegó en el tren de San Luis a la mañana siguiente.

Los dos viejos amigos dudaron un momento al verse, pese a que ambos mantenían intacto su estilo personal. Wild, como siempre, vestía completamente de negro.

–¿George? ¿Eres tú?

–¿Ted? ¡Por Dios! ¿Qué ha pasado con tu bigote?

–Se me puso blanco y me lo afeité. Me hacía mayor. ¿Y tú? ¿Has metido la cabeza en un saco de harina?

–¡Exacto! ¡Ja, ja...!

–Me gusta cómo te sienta. Así pareces más viejo que yo.

Se abrazaron, después de cuatro años sin verse.

–Lamento lo de Alicia –dijo el pistolero–. La noticia tardó en llegarme y, cuando te escribí a Elkhorn, ya te habías ido de allí, por lo visto. Por cierto, ¿dónde has estado estos últimos tiempos?

–Trabajando en un circo.

Ted se echó a reír.

—Será una broma —insinuó.

—Ni mucho menos. En un espectáculo al estilo de los de Buffalo Bill. Fue divertido.

—¡No puedo creerlo! ¡Jamás habría imaginado que pudieses caer tan bajo! ¡George Macallan, trabajando! ¡Lo nunca visto! ¿Y qué hacías allí? ¿De payaso?

—No. Domador de fieras.

—Eso ya me cuadra más. Las mujeres siempre se te han dado bien.

Macallan rio con la ironía. Llevaba tiempo sin hacerlo.

—Me alegra verte de tan buen humor, Ted. Y te agradezco mucho que me eches una mano en esto. Como ya te dije, se trata de un asunto peligroso.

Wild se encogió de hombros.

—Si me hubieses pedido dinero, te habría enviado a hacer puñetas, porque no tengo ni un maldito dólar. Pero sí dispongo de lo que necesitas: un buen revólver y una vida cada vez más corta. Cuenta con ambos.

Acudieron a una casa de comidas cercana a la estación, donde Wild se desayunó con un plato de judías, un filete de res y una pinta de cerveza fría. Macallan tomó solo café.

—Supongo que tú ya habías desayunado antes —dijo el empleado de la Johnson, con la boca llena.

—Lo cierto es que no, Ted. Simplemente, he perdido el apetito.

—No dejes de comer —le aconsejó el hombre de negro—. La cabeza funciona mejor con el estómago lleno.

Al terminar, Wild se limpió los labios con la servilleta y se encaró con el antiguo oficial sudista.

–No entendí muy bien lo que me contaste por teléfono: unos tipos intentan matarte, pero no puedes pedir la ayuda del *sheriff* porque son agentes del gobierno. Y, por lo visto, en los últimos dos años han matado a veintitantos antiguos espías, compañeros tuyos, incluido ese detective tan famoso, que fue vuestro jefe durante la guerra civil.

–Allan Pinkerton.

–Pinkerton, eso es. Y tú eres el último de su lista.

–Así es. El último espía vivo.

Wild apuró su cerveza.

–Pues tiene mala pinta, George, qué quieres que te diga. Los agentes del gobierno son, por definición, eficaces e infinitos. Resultan difíciles de matar y, aunque logremos acabar con ellos, vendrán más.

–Lo sé.

–Si tienen órdenes de eliminarte, lo tenemos muy complicado. No permitirán que sigas respirando. No podemos ganar.

Macallan asintió, pero alzó un dedo.

–Dentro de lo malo, me queda una baza por jugar: la carta que me envió Pinkerton de su puño y letra denunciando las maniobras de los hombres del presidente y explicando los pormenores del asunto, incluido el atentado que le acabó costando la vida.

–¿Dónde está esa carta? –quiso saber Wild.

Macallan afiló la mirada.

–La he enviado a Elkhorn por un medio que considero seguro. En cuanto Bradley Gregson la publique en su periódico, deberían acabar nuestros problemas y empezar los de nuestros adversarios. Cuando este asunto llegue a oídos de la opinión pública a través de la prensa, ya no tendrá sentido acabar conmigo para silenciarlo.

Wild meneó la cabeza, no demasiado convencido.

–Por lo poco que sé de los servicios secretos, me parece que obrar con lógica no es uno de sus puntos fuertes. Pero, en fin... Confiemos en que tengas razón. Si es así, solo tenemos que mantenerte con vida hasta que Gregson publique esa carta en el *Omaha Tribune*.

–Confiemos en ello, sí. Ahora, vamos a mi oficina a trazar un plan. Si has terminado ya de desayunar, claro.

–Casi, casi. Solo me falta un trozo de pastel de moras y será mi mejor desayuno de los últimos meses.

Antes de que Macallan llegase a introducir la llave en la cerradura de su oficina, Rosabelle ya la abrió desde dentro. La expresión de la mujer hizo que tanto Macallan como Wild desenfundaran de inmediato.

–¿Qué pasa, Rosabelle?

–Hay un hombre esperándole en su despacho desde hace rato, señor Macallan. Se le ve muy nervioso.

Avanzaron Macallan y Wild por el pasillo en un silencio felino hasta plantarse frente al despacho. A través del cristal esmerilado, Macallan distinguió, en efecto, la silueta de un hombre que paseaba nerviosamente de un lado a otro de la habitación. Mientras Wild permanecía fuera en actitud de alerta, él enfundó su arma y abrió la puerta.

Al verle, el hombre alzó los brazos hacia el cielo.

–¡Al fin! ¡*Signore* Macallan!

La cara del hombre era todo un poema de desesperación.

–¡Alfredo! ¿Qué ocurre?

El italiano se fue hacia Macallan y lo tomó por los brazos.

–¡Mi hija! –exclamó, con la voz rota.

–¿Nidia? ¿Qué le pasa?

–¡Ha desaparecido!

El señor Bonino comenzó a gritar desesperado en su idioma y a gesticular como todo un italiano, mientras invocaba a diversas *madonnas* y santos, lo que llevó a Macallan a pedirle que se sentase y ofrecerle un vaso de agua.

–Cálmese y cuénteme en qué circunstancias ha desaparecido.

–Esta mañana, a eso de las nueve, me ha dicho que se iba a ver a su sobrino.

–¿Nidia tiene un sobrino?

–¡No, no! ¡A su sobrino de usted! ¡A Frankie! ¿Es que no ha visto cómo se miran? ¡Están enamorados, eso es evidente! ¡*Porca miseria*! ¡Mi Nidia, enamorada de un inglés!

–Nosotros no somos ingleses, sino escoceses.

–¡Hola! ¡Menuda diferencia!

–Como entre italianos y sicilianos. Ande, siga, siga...

–Total, que a eso de las once, Nidia tenía que estar ya de vuelta para empezar a preparar el turno de comidas... ¡y nada! ¡Que no ha regresado! Así que he venido a buscarla y su sirvienta me dice que Frankie no ha dormido aquí y que no ha visto a mi hija.

–Yo ya estaba aquí a las nueve y le aseguro que no ha venido –aclaró Rosabelle, que seguía la escena en segundo plano.

Macallan alzó las manos.

–Intente calmarse, Alfredo, por favor. Seguro que no ha pasado nada grave. Es cierto que Frankie abandonó esta casa ayer, por seguridad. Le advertí que no revelase a nadie su paradero, pero... está claro que él pensó que eso no iba con su hija. Debí mostrarme más firme.

–Si ya no vive aquí..., ¿dónde se encuentra? ¡Seguro que mi niña estará con él!

Macallan sintió un molesto aleteo de mariposas en el intestino delgado. Carraspeó en lugar de lamentarse. La sospecha de que su plan para poner a resguardo a su sobrino podía haber hecho aguas desde el primer instante se le echó encima como un alud de piedras.

–¡Vamos! –exclamó, con la urgencia brillando en las pupilas–. Tenemos que ir al banco Trust.

–¿Qué? ¿Frankie vive ahora en el banco Trust?

Macallan, Bonino y Wild acudieron a toda prisa a la oficina bancaria y se dirigieron directamente al despacho de la directora Daltrey.

–¡George... y compañía! –exclamó ella, un tanto sorprendida, al verlos entrar–. ¿Qué sucede?

–¿Ha ido todo bien esta noche, Eleanor?

La banquera miró a Bonino y Wild con desconfianza.

–Oh, sí, desde luego –respondió, prudente.

–Quiero decir... ¿Frank está bien? –insistió Macallan–. ¿Todo va como acordamos?

–Cuando me he ido de casa esta mañana, Frank se encontraba perfectamente. Al marcharme, le he advertido que no se asomase a las ventanas.

–Necesitamos comprobarlo.

Un minuto más tarde, montaban los cuatro en el coche de caballos cubierto que Eleanor mantenía amarrado en la fachada trasera del banco. Se dirigieron al domicilio de la mujer, en una casa de dos plantas y buhardilla, pintada de blanco y verde, situada en una céntrica zona de la ciudad, frente al hotel Meridion.

Durante el camino, Macallan no abrió la boca. Sentado junto a Eleanor, que llevaba las riendas, únicamente se volvió una vez hacia Wild, sentado detrás, y le hizo un gesto contenido que solo ambos podían entender. El viejo pistolero asintió. Apenas unos minutos más tarde se detenían frente a la puerta de la casa. Al descender del coche, Macallan apoyó la mano en el hombro de Bonino.

–Quédese aquí, Alfredo.

–¿Por qué? Yo...

–¡Quieto aquí!

Wild, a su lado, lo sujetó por el brazo y permaneció también en el asiento.

Macallan bajó del coche aparentando normalidad, pero avanzó muy pegado a los caballos para, de pronto, tomar a Eleanor por el brazo, de camino al porche de la casa. Así, la utilizaba como escudo, como un obstáculo en la línea de fuego de un posible tirador que se hubiese apostado en alguna de las ventanas del Meridion. Mientras, a través de la ventanita trasera ovalada del carruaje, Wild examinaba la fachada del hotel. Enseguida, descubrió el extremo del cañón de un rifle asomando entre las dos hojas de la ventana de una habitación del segundo piso.

–No se asuste, Alfredo –le avisó, mientras amartillaba su Colt Bisley, tras acoplarle una prolongación de la empuñadura que le permitía apoyarlo en el hombro, como si se tratase de un arma larga.

Cuando apretó el gatillo, la bala del 44 Magnum cortó el aire como un rayo de plomo e hizo blanco en el costado del hombre del hotel, que cayó a la calle dando un grito, tras hacer añicos el cristal de la ventana.

Macallan aprovechó el consiguiente revuelo para empujar a Eleanor hasta la puerta.

–¡Abre, rápido!

La mujer introdujo la llave en la cerradura con evidente nerviosismo y abrió la puerta. Al entrar, Macallan le hizo el universal gesto del silencio, llevándose un dedo a los labios. Con el revólver por delante, echó un rápido vistazo a la sala que ocupaba casi toda la planta baja. Luego, le habló al oído.

–¿Dónde ha dormido Frank?

Ella señaló la planta superior.

Ascendieron por una escalera que crujía levemente y avanzaron luego por un pasillo. Al fondo, a la derecha, se veía una puerta abierta.

–Es ahí –susurró ella.

–Ve a comprobar si está.

Eleanor avanzó por el pasillo. Antes de llegar a la puerta, carraspeó.

–¿Frank? Frank, soy Eleanor. Vengo con tu tío. ¿Estás aquí?

La mujer se asomó a la habitación y sonrió.

–¿Será posible? Nosotros preocupados y él durmiendo a pierna suelta –le dijo a Macallan–. Míralo: creo que no se ha enterado de nada.

Macallan avanzó. Pero justo antes de llegar ante la puerta, se detuvo, introdujo el brazo izquierdo a través del umbral y disparó cinco veces seguidas. Dos de los disparos acabaron con la vida del pistolero que los esperaba en la habitación. Macallan se volvió hacia la mujer y le apuntó a bocajarro al centro de la frente.

–Sí, Eleanor, has contado bien. He disparado cinco veces, así que aún me queda una bala para volarte tus hermosos sesos. Responde: ¿hay más?

La directora del banco Trust parecía petrificada, pero logró articular una respuesta balbuceante.

–No lo sé. Creo... que no.

Casi al instante, se oyó otro disparo en la planta baja y los golpes de un cuerpo cayendo por la escalera por la que acababan de subir.

Cuando se asomaron, vieron a Wild soplando la bocacha de su Colt y a otro hombre, muerto, desmadejado a sus pies.

–Parece que van de tres en tres, como tú decías –dijo Ted.

Macallan descendió por las escaleras, arrastrando a la mujer sin miramientos hasta arrojarla de un empujón sobre un sofá de cretona.

–¿Dónde está mi sobrino? Y la chica italiana. ¡Habla!

Tras solo un instante de duda, Eleanor señaló, con un gesto de la barbilla, un sobre de papel depositado sobre la repisa de la chimenea. Cuando Macallan se acercó, vio que tenía su nombre escrito.

Contenía una misiva muy breve.

Esta tarde, a las cuatro en punto, te espero en el antiguo almacén de la Baldwin. Si quieres recuperar con vida a tu sobrino y a la chica, acude solo.

167

La firma podía descifrarse con facilidad.

Era la de Ishmail Ferguson.

–¿Quién es ese Ferguson? –preguntó Ted Wild, tras leer la misiva por encima del hombro de su amigo.

–Es el vicedirector del servicio de inteligencia. El instigador de esta operación que ha acabado con la vida de todos mis compañeros. Parece que ha venido en persona a terminar el trabajo.

Macallan se volvió hacia Eleanor.

–¿Trabajas hace tiempo para él o te han reclutado solo para esta ocasión?

La mujer se irguió, ofreciendo la mejor estampa de sí misma.

–¿Cuándo te has dado cuenta?

–Mujer... Sospechar, sospeché desde que vi salir de tu banco a los tres tipos que, poco después, mataron a Libuerque. Pero me gustabas tanto que me obligué a pensar que se trataba de una mera casualidad y que la pobre explicación que me diste era sincera. Ya sabes cuánto se nos nubla a los hombres el buen juicio cuando una mujer hermosa nos sonríe. Tú tienes una sonrisa deslumbrante y yo necesitaba una sonrisa de mujer que me limpiase los dedos de lluvia de un invierno interminable. Me dejé engañar, pero... la realidad no tarda en dar luz a los ojos del más ciego. En cuanto he visto que un tipo con un rifle nos esperaba en la casa de enfrente, el espejismo se ha desvanecido. Era imposible que Ferguson y sus hombres hubiesen descubierto el escondite de Frank... a no ser que tú se lo hubieses contado. He sido un imbécil, sin duda. Pero se acabó. Así que responde: ¿eres de plantilla o contratada?

Eleanor decidió mantenerse digna. Habló en un tono meramente informativo.

–Trabajo para Ferguson desde hace tres años. Soy su agente en Kansas City.

Ted Wild sonrió.

–¡Eh! –exclamó, muy contento–. Eso significa que también nosotros tenemos un rehén.

–Dudo mucho que Ferguson valore la vida de Eleanor como valoramos nosotros las de esos dos chicos –sopesó Macallan. Y luego, se dirigió a ella–. Imagino que no enviaste a Elkhorn la carta que te di.

Eleanor negó.

–La rompí en trocitos chiquititos y les prendí fuego. No tenéis salida. Nada con lo que negociar.

–¿Sabe qué, señora? –exclamó Wild–. En el fondo, me da igual. Estoy seguro de que la publicación de esa carta no iba a cambiar las cosas en absoluto.

–¿Cuántos hombres han venido con Ferguson? –preguntó Macallan.

–No lo sé –dijo Eleanor–. Muchos.

–¿Cuántos? –volvió a preguntar, amartillando su Starr mientras ponía la boca del arma en la punta de la nariz de la mujer.

–Quince –respondió con un hilo de voz, tras tragar saliva–. Dieciséis con él.

–Bueno..., de momento ya nos hemos cargado a tres –valoró Wild, con aparente despreocupación–. Eso significa que nos quedan trece, tantos como se sentaron a la mesa en la última cena de Cristo.

Macallan consultó su reloj de bolsillo.

–Las doce y cuarenta. Nos quedan poco más de tres horas para trazar un plan y ponerlo en práctica.

–Un plan en el que dos viejos pistoleros consiguen acabar con trece agentes del gobierno que, además, mantienen en su poder a dos valiosos rehenes –dijo Eleanor, en tono burlón–. Me gustaría verlo.

–No somos dos viejos pistoleros –replicó Macallan–. Ted sí es viejo, pero yo no. –Wild lanzó una corta carcajada–. Y contamos con la ayuda del dueño de un restaurante italiano. Anda, Ted, trae hasta aquí al señor Bonino. Vamos a necesitar ayuda y quizá sea momento de olvidar disputas.

Bajó Ted a buscar al italiano, que seguía en el coche. Al verse solo con Eleanor, Macallan se encaró de nuevo con ella.

–Dime: ¿cómo es Ferguson?

Ella alzó sus ojos hasta la altura de los de él.

–Es un odioso hijo de perra.

Macallan sonrió.

–Mujer, ese lenguaje...

BALDWIN

Lo que en Kansas todos conocían como «el almacén de la Baldwin» era exactamente lo que parecía a primera vista: una enorme nave industrial abandonada, propiedad de la Baldwin Locomotive Company, que tiempo atrás había servido como taller de mantenimiento para las varias decenas de pequeñas locomotoras que maniobraban entre los muelles, componiendo los trenes de ganado que luego sus hermanas mayores arrastraban por todo el país. La nave tenía ocho fosos de trabajo a los que locomotoras y vagones accedían directamente desde la playa de vías de la estación.

Sin embargo, la compañía Baldwin se había trasladado hacía ya unos meses a otras instalaciones y el descomunal cocherón de madera, ahora fuera de servicio, mantenía cerradas sus puertas a cal y canto.

A las cuatro en punto de la tarde, Macallan se acercó hasta allí, cabalgando despacio sobre un caballo tordo al que había aparejado con su silla de montar mexicana, de cuero de dromedario talabarteado y herrajes de plata, con largos flecos, que casi llegaban hasta las rodillas del caballo. También llevaba una gran alforja sobre los cuartos traseros del animal.

Se detuvo ante el enorme portalón de doble hoja que cerraba el almacén. Ocho vías procedentes de las instalaciones ferroviarias lo cruzaban por debajo y se prolongaban por todo el interior de la nave.

Enseguida, las dos puertas correderas se separaron lo justo como para que el jinete pudiera entrar en el recinto. Su silueta se recortó contra la claridad exterior, temblando como un espejismo del desierto. Una vez que Macallan hubo pasado al interior, los mismos cuatro hombres que las habían abierto las cerraron tras él y permanecieron a su espalda.

Danzaban en el aire miles de motitas de polvo en suspensión, iluminadas por rayos de sol que penetraban por ventanales abiertos en el tejado a dos aguas.

El silencio dentro del almacén resultaba opresivo, solo difuminado por el incesante mugir de las vacas y algunos sonidos ferroviarios que llegaban amortiguados por la distancia.

En medio de la nave, Macallan distinguió a un hombre mayor, frisando en los sesenta, alto, de rostro cadavérico, vestido con el clásico gabán ligero de color arena, largo hasta por debajo de las rodillas, que habían popularizado ciertos agentes de la ley y que se había convertido en el uniforme oficial de muchos pistoleros. No llevaba sombrero y se peinaba hacia atrás, con fijador, el abundante cabello plateado.

Macallan entró en la nave apenas unos metros, al paso, y desmontó sin prisa.

—¿Es usted Ferguson? –dijo por todo saludo.

El hombre movió la cabeza, haciendo crujir las vértebras del cuello.

—Hola, Macallan. Ardía en deseos de conocerle.

—Y dentro de poco arderá en el infierno, por haberme conocido.

Ferguson rio.

—Compruebo que su fama es justificada.

—No sé cómo, si aún no me ha visto disparar.

—La fama de tipo ingenioso, quiero decir.

—¡Bah...! En eso soy un hombre vulgar. Mejor que usted, sin duda; pero vulgar.

—Veo que ha venido con las alforjas hechas.

—Así es. Me voy de Kansas City en cuanto le haya matado, Ferguson. La encuentro una ciudad demasiado peligrosa.

Ferguson hizo un gesto y uno de sus hombres se acercó a cachearle.

–Está desarmado. Lo único que lleva encima es un reloj de bolsillo y una pluma un poco rara.

–Examina el petate, Troy –le ordenó su jefe.

–Dos mantas, algo de ropa y enseres personales –dijo el agente, tras la inspección.

–¿Entre ellos hay una navaja de afeitar?

–Pues... sí.

–Échatela al bolsillo, imbécil. Retira de ahí el caballo y luego vuelve junto a él y permanece a su lado. ¿Entendido?

El agente obedeció, llevando al animal por las riendas hasta el rincón más cercano. Macallan avanzó hacia Ferguson. Sus espuelas producían pequeños chasquidos metálicos con cada paso. Mientras caminaba, lanzó miradas a un lado y otro. Los hombres de Ferguson se hallaban distribuidos a lo largo de todo recinto, parapetados tras cajas de madera o restos de material ferroviario abandonado. Cuatro de ellos se habían situado en una galería superior que recorría tres de los cuatro lados del almacén a unos ocho metros de altura. En su camino, Macallan contó once hombres, además de Ferguson. Supuso que el decimotercero estaría en una oficina elevada, situada al fondo derecha, a la misma altura que la galería, desde la que se dominaba la nave por completo. Seguramente también sería allí donde mantenían retenidos a los dos chicos.

Cuando le separaban veinte pasos de Ferguson, se detuvo. Pero fue el viejo quien volvió a hablar.

–Hay una cosa segura: no vas a salir vivo de aquí, Macallan. Quién sabe si hallarás el modo de matarme; pero todos mis hombres tienen orden de acabar contigo, pase lo que pase. Y, además, te tienen ganas. Nueve de sus compañeros han caído por tu culpa.

–Que no se quejen. Yo he perdido a un buen amigo, que es algo mucho más valioso.

Mientras el diálogo entre Macallan y Ferguson concentraba la atención de todos, Stuart Russell se desasió de las correas con que se había sujetado al vientre del caballo de Macallan. Vestido completamente de negro y disimulado por los flecos de cuero de la silla de montar, su presencia había pasado desapercibida, tal como habían planeado, asumiendo un alto riesgo. La alforja preparada por Macallan había centrado todas las sospechas. Así, a nadie se le había ocurrido mirar entre las cuatro patas del animal. La idea de Macallan era muy arriesgada, pero el enano se prestó a ella sin dudarlo, azuzado por su mala conciencia. Y tal vez por lo temerario de la acción, había salido bien.

Una vez en el suelo, Russell se introdujo rápidamente en uno de los fosos de reparaciones que recorrían toda la longitud del antiguo taller. Avanzó a lo largo de él, a cubierto de las miradas de los hombres de Ferguson, hasta situarse muy cerca de la escalera que daba acceso a la oficina.

Tanto él como Macallan sabían de memoria el terreno que pisaban. Un antiguo empleado de la Baldwin les había hecho una descripción minuciosa del lugar y todos daban por hecho que retendrían a los dos chicos en la oficina situada en lo alto, a la que se podía acceder tanto desde la nave como desde el exterior por medio de sendas escaleras.

Rescatar a los dos chicos con vida era la prioridad.

–Vamos a dirimir esto entre tú y yo, Ferguson –gritó Macallan, plantado en medio de la nave–. Suelta a los chicos, que no tienen culpa de nada. A cambio, yo liberaré a la agente Daltrey sin daños. Luego, podemos arreglar nuestros asuntos personales a tiro limpio. ¿Te parece?

Ferguson retiró el vuelo de su gabán, dejando al descubierto la pistolera, de la que asomaba la empuñadura de su revólver Remington.

–No, Macallan, no hay trato. Eleanor Daltrey me importa un comino. Y no, no voy a soltar a los chicos. Lo que quiero es que te vayas al otro barrio sabiendo que tu sobrino y su amiga italiana han muerto por tu culpa.

Macallan movió la cabeza.

–¿A qué viene eso? Solo son dos críos sin ninguna relación con todo esto. ¿Acaso estás mal de la cabeza, Ferguson? ¿Estás enfermo?

La doble pregunta de Macallan enfrió definitivamente la mirada de Ferguson, que se volvió de hielo.

–Creo que sí, Macallan. Lo estoy desde hace tiempo. Enfermo de odio. Desde el día en que murieron mis hijos en combate mientras traidores como tú intrigaban en la sombra para torcer el curso de las batallas. Maldita sea la hora en que Allan Pinkerton convenció al presidente Lincoln de crear una red de espías. Ese día, el honor militar desapareció para siempre.

Macallan se dio cuenta de que las cosas se ponían feas. Las intenciones de Ferguson no se basaban en nada racional sino en un personal e irreconducible deseo de venganza. Su propia vida le importaba un comino. El tipo de enemigo que nadie quiere.

–¿Has sido militar, Ferguson? –preguntó Macallan, tratando de llevar la conversación a otros territorios–. Si has estudiado en West Point, recordarás que en todas las épocas ha habido espías. Todos los imperios y todos los ejércitos de la historia los han usado.

–Desde luego. Pero este se suponía que era un país nuevo, un nuevo mundo donde empezar de cero, donde hacer las cosas de otro modo. Y resulta que sigue siendo la misma basura de siempre, por culpa de tipos como tú.

–Sin embargo, ahora eres el subdirector de este nido de espías que tanto dices aborrecer.

–Me resultaba más fácil la batalla desde dentro. Me ha llevado tiempo llegar hasta aquí, pero ha merecido la pena solo por veros caer uno a uno, víctimas de las emboscadas que yo mismo había ideado. Solo fallé contigo.

–De modo que has usado ardides y estratagemas propias de los agentes secretos, Ferguson. No te des aires de hombre de honor porque eres de la misma condición que cualquiera de nosotros.

–Cierto. Pero no siempre fue así. He tenido que volverme una rata para acabar con las ratas.

UN SONIDO QUE VIENE DE LEJOS

Algunos de los hombres de Ferguson se removían inquietos desde hacía unos segundos. Mientras su jefe mantenía con Macallan un diálogo para muchos incomprensible, un sonido acompasado y jadeante crecía en el ambiente, haciéndose más y más presente a cada segundo.

Macallan y Ferguson, enfrascados en su discusión, no se apercibieron de ello hasta que el ruido había adquirido un volumen que no permitía dudar de que el Apocalipsis se aproximaba a toda velocidad. Los dos hombres cayeron en la cuenta casi al mismo tiempo y alzaron la vista. Ferguson, desconcertado. Macallan, no. Él sabía perfectamente cuál era el origen de aquel sonido, pues formaba parte del plan. De su plan. Sin embargo, la conversación con su rival había trastocado los tiempos. «¡Oh, no! Ya está aquí. Demasiado pronto», pensó.

El tren irrumpió en el almacén a gran velocidad, como un monstruo apocalíptico, convirtiendo en astillas el portalón de acceso, reventándolo como si hubiese sido alcanzado por un obús.

A los mandos de la locomotora, Ted Wild cerró de inmediato el regulador del vapor y accionó los frenos para que el convoy se detuviese antes de alcanzar el final de la vía de servicio.

Macallan y Ferguson tuvieron que arrojarse a un lado para evitar ser arrollados. Y como los dos saltaron hacia su derecha, quedaron separados por el tren.

Tras la máquina y el ténder, circulaba un único coche de viajeros desde el que una veintena de miembros del clan Belcredi, armados con rifles y revólveres, abrieron fuego a discreción contra los agentes del gobierno.

Fue el momento de confusión que aprovechó Russell para salir del foso en que seguía escondido y trepar a toda prisa por la escalera que conducía hasta la oficina que dominaba la nave. Eran cuarenta escalones muy empinados, incomodísimos para unas piernas tan cortas como las suyas.

Macallan, por su parte, reaccionó con su habitual rapidez de reflejos. Necesitaba un arma y la más cercana era el revólver de Troy, el hombre que le había cacheado a su llegada y que ahora parecía tan sorprendido como sus compañeros. Se lanzó hacia él. Troy lo vio de reojo, pero no tuvo tiempo de apuntarle con su arma y ambos hombres rodaron por el suelo. El agente era un tipo corpulento y con seguridad estaba bien entrenado para pelear, así que Macallan decidió no perder el tiempo. Había sacado del bolsillo la pluma-fuente Waterman que le había regalado Pinkerton. Con un gesto preciso, le clavó el plumín en la garganta al hombre de Ferguson. La tráquea de Troy se rompió y su interior se manchó de tinta estilográfica. Su sabor acre sería lo último que sentiría, antes de morir.

Stuart acababa de llegar a lo alto de la escalera con un feroz sobrealiento, pero, sin esperar a recuperarse, abrió de golpe la puerta y entró en la oficina de forma temeraria, sin pararse a meditar las consecuencias, con el revólver por delante.

Lo primero que vio fue a los dos chicos, sentados en un rincón, maniatados y amordazados. El hombre que los vigilaba, de raza negra, se había situado junto al ventanal desde el que se dominaba toda la nave de talleres y apuntaba con su rifle Winchester en dirección al tren. Cuando entró el enano, giró el arma hacia él y, sin pensárselo, apretó el gatillo. También Stuart disparó su Colt, casi al mismo tiempo.

La bala de Russell hizo saltar el Winchester de las manos del hombre negro. La bala del rifle, a su vez, atravesó el costado de Stuart casi por el mismo lugar que la lanzada que propinó Longino a Cristo y lo derribó sin contemplaciones.

Al verse desarmado, el agente echó mano al revólver que llevaba en el cinto; pero antes de que pudiese usarlo contra Stuart, Frank se incorporó y se abalanzó sobre él, cargando con el hombro derecho como un jugador de *rugby*. De resultas del encontronazo, ambos atravesaron la ventana destrozando los cristales y quedaron en precario equilibrio sobre su borde inferior. Nidia gritó bajo la mordaza cuando pensó que Frank iba a precipitarse al vacío.

Sin embargo, un violento gesto del joven Macallan, que se dobló por la cintura como una carpa de río, cambió las tornas y fue el hombre de color quien cayó al suelo de la nave desde más de ocho metros de altura. Frankie, aunque con diversos cortes producidos por las esquirlas de vidrio, rodó hacia el interior.

Nidia se arrastró hacia él, logrando preguntarle con una mirada aterrorizada si se encontraba bien. Frankie asintió y buscó darle la espalda para que pudieran soltarse mutuamente las ataduras. En cuanto Frank tuvo libres las manos, se arrancó la mordaza, le retiró a Nidia la suya con delicadeza y la abrazó.

–Estás sangrando –constató la chica.

–No es nada –aseguró Frank; y gritó volviéndose hacia el enano–. ¡Stuart! ¿Cómo estás?

Russell respondió con dificultad, apretando los dientes.

–En un hombre normal... sería una simple... herida en el muslo. En mi caso... es algo... más grave.

* * *

Antes de que el tren se detuviese, ya habían caído tres de los hombres de Ferguson y uno de los italianos. Pero, a partir de ese momento, cuando los miembros de la *famiglia* echaron pie a tierra, el tiroteo en el interior del almacén adquirió proporciones escalofriantes. Como si alguien hubiese dado la orden de «todos contra todos», el cruce de disparos convirtió el interior del taller de la Baldwin en una peligrosa selva cruzada por lianas de plomo candente.

De cuando en cuando, alguien alzaba los brazos, lanzaba un grito y caía muerto. La sangre empezó a mezclarse con la grasa depositada entre los carriles, componiendo un nuevo fluido, feo, oscuro y viscoso, más negro que rojo.

Mientras aún chirriaban los frenos, Macallan, tras deshacerse del agente Troy y hacerse con su revólver Remington, ya trepaba al coche de viajeros por la escalerilla trasera. Cruzó la plataforma en dos zancadas y se asomó al otro costado del convoy. Buscaba a Ferguson. Ponerlo en su punto de mira. Un instante le bastaba. Pero Ferguson había desaparecido.

Macallan corrió entonces hacia la locomotora, buscando reunirse con Ted Wild. Recorrió el coche de atrás adelante por su pasillo central. Un par de disparos rompieron los cristales de sendas ventanillas, pero Macallan ni se inmutó.

Cuando saltó sobre el ténder, aprovechó para abatir de dos disparos a uno de los agentes de Ferguson, que estaba a punto de abrir fuego sobre Franco Belcredi. El joven italiano se percató de la acción y se la agradeció a Macallan con un gesto antes de seguir disparando, protegido tras una pila de cajas de madera.

Cuando Macallan comenzaba a bordear el ténder por su costado derecho, ante su sorpresa, la locomotora se puso en marcha y el tren comenzó a retroceder.

—¿Qué demonios...? —masculló.

Aquella acción no formaba parte del plan. Algo estaba saliendo mal. Moviéndose con rapidez, logró echar un vistazo a la cabina de conducción. Allí vio a Ted Wild accionando los mandos. Mostraba una fea herida en el pómulo izquierdo, con todo el aspecto de ser la consecuencia del culatazo de un revólver.

Ferguson estaba con él, obligándole a maniobrar. Sin pensárselo ni un segundo, Macallan buscó una buena línea de tiro que le permitiese dispararle. Si la encontraba, no dudaría ni un parpadeo en volarle la cabeza; sin embargo, el viejo militar se protegía muy bien, situándose de espaldas al panel de mandos de la máquina y utilizando a Wild como escudo. Macallan comprobó que no podía disparar sin correr el riesgo de herir a Wild.

En medio de la refriega general, el tren abandonó el taller, ganando velocidad poco a poco. Tras salir del cocherón por donde había entrado, enfiló una larguísima vía, flanqueada de muelles de carga, siempre acelerando con decisión.

Fue entonces cuando Macallan se dejó ver. Y al cruzarse sus miradas, Ferguson sonrió como un diablo que hubiera logrado apoderarse del alma de un buen cristiano.

El tren llegó a mucha velocidad a una vía de escape, un doble desvío en forma de ese que permitía cambiar de vía y pasar a otra paralela. A la marcha a la que ahora circulaba el pequeño convoy, el paso por la vía de escape supuso una terrorífica sacudida. No estuvo muy lejos de descarrilar, pero logró milagrosamente mantenerse sobre los raíles. Macallan se vio al borde de salir despedido, aunque consiguió resistir, aferrándose con todas sus fuerzas a un asidero de latón, y continuar así a bordo.

Pero comenzaba a estar asustado.

Una cosa es medirse a una banda de pistoleros armados hasta los dientes, algo a lo que nunca había tenido miedo, y otra, muy distinta, enfrentarse a la energía cinética.

Aún recordaba la fórmula de la fuerza viva, de sus años como estudiante en la escuela militar. Recordaba todavía las palabras de su profesor de Física el primer día de clase: «Lo que mata a los soldados en la batalla no es el enemigo, sino la energía cinética contenida en las balas que el enemigo les dispara. Pero también puedes morir por culpa de tu propia energía cinética».

Nunca había entendido del todo aquella sentencia. Ahora, iba a tener ocasión de experimentar la contundencia de la fuerza viva en sus propias carnes. El tren circulaba cada vez más deprisa, haciendo aumentar así, segundo a segundo, su propia energía cinética. Y la de sus pasajeros.

Macallan se sintió definitivamente aterrado cuando vislumbró a lo lejos, al fondo de la vía por la que circulaban, los últimos vagones de un tren ganadero detenido.

—¡Por Dios santo! ¡Vamos a chocar, Ferguson! ¡Vamos a morir los tres!

Tenía que pensar rápido. ¿Cuál era la mejor opción en este caso? Apenas disponía de unos segundos para decidirse.

¿Saltar en marcha?

Sí, saltar.

Estuvo seguro de ello cuando vio hacerlo a Ferguson.

Él lo imitó de inmediato, por el lado contrario y sobre el muelle de carga, tratando a un tiempo de protegerse la cabeza con los brazos y de no perder el revólver en la caída.

El primer impacto contra la superficie del muelle fue leve; pero las seis vueltas sobre sí mismo y los golpes que se propinó mientras giraba descontroladamente resultaron bastante más duros. Cuando por fin se detuvo, tras un tiempo que se le antojó interminable, Macallan pensó que se había triturado todos los huesos del cuerpo.

En cuanto Ferguson saltó de la cabina, Ted Wild tiró de los frenos. Pero ya era demasiado tarde para evitar la catástrofe. Ni cinco segundos tardó en sobrevenir el impacto. A más de sesenta kilómetros por hora, el coche de viajeros se empotró contra los dos últimos vagones del tren de mercancías, cargados de reses. Los tres vehículos se redujeron mutuamente a astillas que saltaron en todas direcciones, como puñales de madera, en una suerte de estallido inenarrable. El estruendo que produjo el choque, en nada inferior al de una explosión de dinamita, hizo temblar el aire en cinco millas a la redonda y enmudeció por unos segundos a todas las vacas de Kansas City. Instantes más tarde, una lluvia de sangre y despojos de animal cubrió una extensión similar a la de un campo de béisbol. Sin embargo, la destrucción casi total del coche y los dos vagones absorbió una gran parte del impacto, frenando la locomotora con menos violencia de la predecible. Pese a ello, el ténder despegó de las vías y trepó sobre los restos ardientes de los vagones. Y, de inmediato, sin tiempo ni para tomar aire, la máquina arremetió contra todo lo anterior: el amasijo de hierros, madera, carbón y restos de vaca, desplazándolo varios metros y haciendo descarrilar los tres siguientes vagones del tren ganadero.

Ted Wild trató de sujetarse a una de las barras verticales de la cabina, pero finalmente se vio lanzado de cabeza contra la parte delantera del ténder. En la fracción de segundo que estuvo volando por el aire, vio pasar ante sus ojos toda su vida. Y no tuvo la menor duda de que iba a morir. A manos de la energía cinética.

Macallan, tumbado boca abajo sobre el suelo del muelle, cubierto de astillas y de sangre de animal, tenía la sensación de que le hubiesen caído encima, sucesivamente, tres pianos de cola.

Sin embargo, el instinto le obligó a incorporarse y empuñar el Remington Army mientras, con la mirada, buscaba a Ferguson por los alrededores. Si él seguía vivo, tal vez su rival también lo estuviera.

Y, en efecto, lo estaba.

Lo vio durante un instante, desapareciendo tras el apartavacas de la máquina. De manera automática alzó el revólver y disparó. Pero fue demasiado lento.

Conteniendo una náusea fortísima, trató de incorporarse. Lo consiguió solo a medias. Avanzó, doblado sobre sí mismo, hacia la cabina de la locomotora, que también había saltado de los carriles y aparecía inclinada, apoyada contra el borde del muelle de carga sobre su costado izquierdo.

Tardó en llegar hasta allí lo que le pareció una eternidad, pero, por fin, se vio trepando por la escalerilla con la agilidad de un pingüino ebrio. Al coronar el último peldaño y acceder a la plataforma, miró hacia su derecha y descubrió allí a Ted Wild, inmóvil, en una postura absurda y con una brecha en la frente por la que se adivinaba el cráneo fracturado y una materia blanquecina asomando desde lo más profundo de la herida. La sangre le cubría la cara, el cuello y el pecho, empapándole la camisa negra.

Macallan sintió una rabia incontenible. Ted Wild le había salvado la vida siete años atrás, pero, ahora, él no había sido capaz de devolverle el favor. La furia le corrió por las venas. Pese a que cada movimiento le suponía un suplicio, se arrastró por el suelo de la cabina hasta asomar la cabeza por el otro lado.

Nada más hacerlo, sonó un disparo y sintió una quemazón en el cuero cabelludo cuando la bala disparada por Ferguson le rozó la piel. Macallan se volvió hacia él e hizo fuego dos veces, pese a que todo se le había vuelto borroso. Falló. Ferguson volvió a apretar el gatillo y un sonido cercano y metálico, como de campana tocando a muerto, le indicó que había fallado por muy poco.

Macallan se arrojó al suelo desde la cabina de la locomotora, cayendo sobre el balasto, la capa de piedras que soporta los carriles. Ferguson también se hallaba en el suelo, muy maltrecho, incapaz de ponerse en pie, junto a la parte delantera de la locomotora. Le apuntaba con su revólver. El pulso le temblaba de tal modo que no se decidía a disparar y Macallan se le adelantó. Alzó de nuevo su arma y apretó el gatillo. El Remington de Ferguson saltó **185** de la mano de su dueño y cayó al suelo. Cuando intentó recuperarlo, lo detuvo la orden de Macallan.

—¡Quieto, Ferguson! –le gritó, entre dos jadeos–. ¡No muevas un solo dedo o te vuelo la cabeza! ¿Lo oyes?

Ferguson obedeció. Macallan quiso sonreír, pero el dolor se lo impidió. Sin dejar de apuntar a su adversario, se fue incorporando poco a poco. Dolorosamente. Luego, apoyándose en los radios de las ruedas de la locomotora, avanzó dos pasos.

—Se acabó, Ferguson. Se... acabó. Lo siento por tus hijos muertos... y lo siento por mis amigos muertos. Pero no... no lo siento por ti, condenado... hijo del diablo. Esto es... el final. Es... tu hora... de morir.

Como al escritor al que le resta poner el punto final a su novela, a Macallan le quedaba pendiente tan solo un último gesto. Apretar el gatillo, una vez más. Invitar a la fiesta a la chica de la guadaña. La chica que siempre sonríe.

Tensaba ya Macallan el índice sobre el disparador de su revólver cuando sintió un pinchazo en el diafragma. Primero, pensó que no era posible. Luego, el mundo se le convirtió en ceniza. Acababa de caer en la cuenta de que estaba perdido. De que el muerto no iba a ser Ferguson sino él. Quizá fuera cosa de la edad, porque nunca antes le había ocurrido, pero... hasta ese mismo instante no se había percatado de que no le quedaban balas. Repasó la cuenta en una décima de segundo, por si podía haber un error: había disparado dos veces sobre el hombre que iba a matar a Franco Belcredi. Y, ahora, cuatro veces más, tratando de acabar con Ferguson. No, no había error posible: la próxima vez que oprimiese el gatillo, el percutor solo produciría un clic al golpear sobre un cartucho ya vacío.

Y Ferguson tenía su revólver al alcance de la mano.

Macallan se preguntó si había algo que pudiese hacer para esquivar a la muerte una vez más, como en tantas otras ocasiones había hecho a lo largo de su existencia. Pero esta vez, la respuesta fue negativa. Podía disimular durante un segundo; quizá durante cinco, antes de que Ferguson se percatase de lo que ocurría.

El viejo era listo y ni siquiera tardó tanto. Cuando Macallan alzó la vista de nuevo, el subdirector Ferguson ya le apuntaba, sujetando su arma con la mano izquierda. No era su mano buena, pero a la distancia que les separaba resultaba imposible fallar.

—Yo sí tengo balas —dijo Ferguson, sonriendo siniestramente, demostrándole que sabía con certeza cuál era la situación. Y se permitió rematar con una sentencia de muerte de solo tres palabras.

—Ahora, muere, perro.

Poco antes, en el transcurso del minuto anterior, Ted Wild había abierto un ojo. Apenas nada, solo una ranura entre los párpados. Aunque había perdido mucha sangre, seguía inexplicablemente vivo. Vio a Macallan asomarse desde la escalerilla, pero se sintió incapaz de llamar su atención. Sonó un primer disparo. Casi de inmediato, Macallan replicó con otros dos. Enseguida, otro tiro —por el sonido, procedente de la misma arma que el primero— seguido de un rebote metálico.

Al viejo pistolero le costaba entender lo que ocurría. Apenas conservaba unos gramos de consciencia; solo unas hebras finas y brillantes, como seda de araña, lo unían a la realidad. Sujeto a ellas, vio a Macallan arrojarse al suelo desde la plataforma de la locomotora.

Wild, aun taladrado por el dolor, consiguió mover ligeramente la cabeza para tratar de localizar su revólver. No tuvo suerte. El arma no estaba a la vista. Y, además, un pinchazo atroz le atravesó el cerebro de parte a parte, como si un inquisidor le acariciase con un hierro candente el interior de los ojos.

Con un esfuerzo supremo, consiguió colocarse boca abajo y comenzó a arrastrarse sobre los codos, acercándose hasta el panel de instrumentos y, tras limpiarse con la manga de la camisa la sangre que le cubría los ojos, echó un nuevo vistazo. Vio a su amigo justo debajo. Y a Ferguson más adelante, igualmente herido, sentado sobre sus piernas junto a la cruceta que guía el vástago del pistón de la locomotora.

Ted tuvo una idea.

Reuniendo toda su fuerza de voluntad, se obligó a localizar la llave de los purgadores de los cilindros. Oyó en ese momento el estampido de un nuevo disparo. Y enseguida, la voz de George Macallan:

−¡Quieto, Ferguson! ¡No muevas un solo dedo o te vuelo la cabeza! ¿Lo oyes?

Wild miró hacia lo alto. Tenía que ponerse en pie si quería alcanzar su objetivo. Mientras lo hacía, dolorosamente, escuchó a Macallan, de nuevo, aunque sus palabras le llegaban entrecortadas.

−Se acabó, Ferguson... Lo siento por tus hijos..., mis amigos muertos..., por ti, condenado hijo del diablo... Es hora de morir.

Ya casi lo tenía. Dudó entre el grifo rojo y el negro. Entonces, habló Ferguson:

−Yo sí tengo balas.

—Mierda... —susurró Wild, al darse cuenta de que el tiempo de las palabras estaba a punto de concluir.

Decidió que era el rojo. Tenía que ser el rojo. Puso la mano sobre el grifo.

—Ahora, muere, perro —oyó decir a Ferguson.

—Muere tú —replicó Ted Wild, aunque el otro no pudiese oírle.

Cuando giró un cuarto de vuelta el grifo de color rojo, un chorro de vapor hirviente salió a presión por el purgador del cilindro, envolviendo la cabeza y el torso de Ferguson.

El alarido que lanzó al sentir cómo la piel se le abrasaba instantáneamente provocó un escalofrío incluso en la chica de la guadaña, que ya se encontraba junto a Macallan dispuesta a darle el último beso en los labios.

Y que, en el último suspiro, tuvo que renunciar a él.

WHISKY CON AGUA

Macallan pasó tres días ingresado en el hospital metodista del condado de Jackson, hasta restablecerse de sus heridas.

Mediada su estancia en el centro médico, recibió la visita de Franco Belcredi.

—Solo vengo a decirle que la lápida que le encargué a mi tío Luciano ya está lista: una pieza de sesenta kilos de mármol de Carrara, con su nombre y el año de su nacimiento. Solo falta cincelar la fecha de su muerte.

—¿Alguna propuesta sobre eso? —preguntó Macallan. **189**

—Bueno..., no hay prisa en ello. El mármol aguanta muy bien el paso del tiempo. Puede esperar.

–Me alegro de que pienses así. Y, por cierto, esa lápida...
¿se trata de un regalo?

–En efecto, es un regalo, sí.

Macallan se echó a reír.

–¡Pues me has hecho una faena! Hasta ahora viajaba a
todas partes con mi silla de montar mexicana. En adelante,
tendré que hacerlo, además, con mi propia lápida. No solo
se trata de un verdadero engorro, sino que, posiblemente,
voy a coger fama de tipo estrafalario.

–Sin duda. Tanto que no me extrañaría que alguien es-
criba en el futuro una novela sobre usted.

–O tal vez la mejor solución sea escoger la ciudad en la
que instalarme definitivamente y dejar de recorrer el país
arrastrando una pieza de mármol de sesenta kilos.

–Eso suena muy razonable. ¿Qué ciudad sería?
¿Elkhorn, quizá?

–¡No, por Dios! Elkhorn es aburridísima si uno no está enamorado. Lo cierto es que pensaba en... Kansas City. Mi contrato con Pinkerton sigue vigente y debo decir
que empiezo a descubrir el oculto encanto de esta ciudad. De hecho, ya casi la encuentro una urbe amable y
cosmopolita.

–Y más que lo va a ser –aseguró Belcredi–. Uno de mis
parientes está construyendo un teatro de la ópera. ¿Ha ido
alguna vez a la ópera, Macallan?

–No, pero una vez conocí en Boston a un tipo que estuvo a punto de comprar una entrada para *Il trovatore*. Finalmente, se gastó el dinero en..., bueno, en otra cosa.

–Si quiere, le conseguiré invitaciones para el día de la
inauguración.

–Te lo agradecería –respondió Macallan; y cambió a un tono más serio para continuar–. Igual que te agradezco tu ayuda y la de tu gente, Belcredi. Sobre todo, después de lo tenso que resultó nuestro primer encuentro.

–La familia Bonino hace tiempo que paga para tener la protección de los Belcredi. Solo hicimos lo que había que hacer cuando esos malnacidos secuestraron a su hija.

–Aborrezco vuestros métodos, pero admiro vuestro sentido del honor. También sé que has perdido a tres de tus hombres. Y lo lamento.

–Gracias, Macallan. Son gajes del oficio. Me consuela saber que los tres estarán en el cielo. Fueron en vida hombres piadosos.

–De eso no me cabe duda.

Entró en ese momento una enfermera en la habitación para dejar sobre la mesilla una jarra de agua y un vaso.

–Es usted muy amable, señorita –le dijo Macallan; y luego, bajó el tono de voz para añadir–: Pero... ¿no podría traerme también una botella de *whisky*?

La chica sonrió.

–Se lo comentaré al doctor Miller, por si tiene a bien darle permiso.

Era joven y muy bonita. Desde que entró por la puerta, Belcredi no había apartado la vista de ella ni para parpadear. Cuando iba a salir de la habitación, se interpuso en su camino.

–¿Italiana?

Ella se irguió, girando un poco los hombros. Se sabía atractiva. De esas chicas tan atractivas que no se pueden aguantar.

–Así es. También usted, ¿no? Lo digo por la ropa.

191

–Franco Belcredi. A sus pies.

–Sofia Coppola.

–¿Le gusta la ópera, Sofia?

–A todos los italianos nos gusta la ópera, ¿no es cierto?

–Entonces, le haré una oferta que no podrá rechazar.

Cuando la enfermera abandonó la habitación, Belcredi tomó su sombrero y se acercó a Macallan para despedirse.

–Voy a dejarle ya descansar.

–Claro, hombre. Tú, a lo tuyo. La pesca, ¿no?

–Cuídese, Macallan.

–Lo haré. Y no olvides leer a Petrarca, Belcredi.

Macallan quedó solo en la habitación por vez primera desde su ingreso en el hospital. Desde la cama, vio pasar una nube algodonosa y blanca, flotando en el cielo azul de Missouri.

El invierno no tardaría en llegar a Kansas City.

EPÍLOGO

Ha pasado un año desde el tiroteo de la Baldwin, en el que murieron tres italianos del clan Belcredi y siete de los hombres que acompañaban a Ishmail Ferguson.

Ted Wild tardó varios meses en recuperarse y le quedó una llamativa cicatriz en la cabeza que, por fortuna, no resulta visible cuando usa sombrero, que es casi siempre.

Stuart Russell estuvo a punto de morir, pero logró superar milagrosamente una infección crítica. Una vez restablecido, Macallan lo readmitió como empleado de la agencia Pinkerton.

Ferguson falleció dos días después del tiroteo, a causa de las heridas que se produjo al saltar del tren y de las quemaduras que le provocó el vapor.

El Trust Bank trasladó a Eleanor Daltrey a Sacramento, California. Murió hace dos meses, enfrentándose a los atracadores que intentaban asaltar la sucursal que dirigía.

Franco Belcredi y la enfermera Coppola han formaliza-
do su relación. Dicen que ella se resistió hasta que él se le
declaró recitándole unos versos de Petrarca.

También Frank Macallan y Nidia Bonino están prometidos.

Ella sigue trabajando con sus padres, aunque piensa
abrir en el futuro su propia casa de comidas de estilo na-
politano.

Él, sin dejar de ser el contable de la agencia Pinkerton,
ha comenzado los estudios de Derecho y Finanzas. Franco Belcredi considera que podría ser un buen *consigliere*
cuando él pase a dirigir los negocios de la *famiglia* una vez
que su padre, don Carlo, se retire.

En cambio, los progresos de Frankie como tirador han
sido escasos en este tiempo.

La misma semana del tiroteo de Kansas City, el *Washington Post* publicó un extenso reportaje a raíz de la carta que
Allan Pinkerton hizo llegar al director del diario, escrita de
su puño y letra poco antes de morir. Las oscuras muertes
de más de una veintena de sudistas que colaboraron como
espías con el ejército de la Unión durante la guerra civil
provocaron un verdadero cataclismo político que se saldó
con varias dimisiones de altos cargos del gobierno federal.
Entre ellas, la del director del servicio de inteligencia.

Pese a este escándalo, Chester A. Arthur está conside-
rado uno de los mejores presidentes de la historia de los
Estados Unidos.

Índice

Fernando Lalana

Fernando Lalana nació en Zaragoza en 1958. Tras estudiar Derecho, encamina sus pasos hacia la literatura, que se convierte en su primera y única profesión al quedar finalista en 1981 del Premio Barco de Vapor con *El secreto de la arboleda* (1982), y de ganar el Premio Gran Angular 1984 con *El zulo* (1985).

Desde entonces, Fernando Lalana ha publicado más de un centenar de libros de literatura infantil y juvenil.

Ha ganado en otras dos ocasiones el Premio Gran Angular de novela, con *Hubo una vez otra guerra* (en colaboración con Luis A. Puente), en 1988, y con *Scratch*, en 1991. En 1990 recibe la Mención de Honor del Premio Lazarillo por *La bomba* (con José M.ª Almárcegui); en 1991, el Premio Barco de Vapor por *Silvia y la máquina Qué* (también con José M.ª Almárcegui); en 1993, el Premio Librerio, que concede la Junta de Andalucía, por *El ángel caído*. En 2006, recibe el Premio Jaén por *Perpetuum Mobile;* en 2009, el Latin Book Award por *El asunto Galindo;* en 2010, el Premio Cervantes Chico por su trayectoria y el conjunto de su obra, y en 2012 el XX Premio Edebé por *Parque Muerte*.

En 1991, el Ministerio de Cultura le concedió el premio Nacional de Literatura Infantil y Juvenil por *Morirás en Chafarinas*, novela que fue llevada al cine cinco años más tarde, con producción y dirección de Pedro Olea.

Fernando Lalana sigue viviendo en Zaragoza, en el Casco Histórico, que es su barrio de toda la vida. Está casado y tiene dos hijas que no quieren ser escritoras.

Bambú Exit

Ana y la Sibila
Antonio Sánchez-Escalonilla

El libro azul
Lluís Prats

La canción de Shao Li
Marisol Ortiz de Zárate

La tuneladora
Fernando Lalana

El asunto Galindo
Fernando Lalana

El último muerto
Fernando Lalana

Amsterdam Solitaire
Fernando Lalana

Tigre, tigre
Lynne Reid Banks

Un día de trigo
Anna Cabeza

Cantan los gallos
Marisol Ortiz de Zárate

Ciudad de huérfanos
Avi

13 perros
Fernando Lalana

Nunca más
Fernando Lalana
José M.ª Almárcegui

No es invisible
Marcus Sedgwick

*Las aventuras de
George Macallan.
Una bala perdida*
Fernando Lalana

*Big Game
(Caza mayor)*
Dan Smith

*Las aventuras de
George Macallan.
Kansas City*
Fernando Lalana

La artillería de Mr. Smith
Damián Montes